ALLY BLAKE

Une fiancée à sauver

Traduction française de
CHRISTINE MAZAUD

AZUR

HARLEQUIN

Collection : Azur

Titre original :
RESCUING THE ROYAL RUNAWAY BRIDE

HARPERCOLLINS FRANCE
83-85, boulevard Vincent-Auriol, 75646 PARIS CEDEX 13
Service Lectrices — Tél. : 01 45 82 47 47 - www.harlequin.fr
ISBN 978-2-2804-8304-9 — ISSN 0993-4448

Composé et édité par HarperCollins France.
Imprimé en déembre 2022 par CPI Black Print (Barcelone)
en utilisant 100% d'électricité renouvelable.
Dépôt légal : janvier 2023.

FSC
www.fsc.org
MIXTE
Papier issu de sources responsables
FSC® C159065

Pour limiter l'empreinte environnementale de ses livres, HarperCollins France s'engage à n'utiliser que du papier fabriqué à partir de bois provenant de forêts gérées durablement et de manière responsable.

1.

On ne pouvait rêver journée plus parfaite pour un mariage princier, songea Will. Les mains sur le volant du cabriolet loué pour se rendre à la cérémonie, il se régalait du spectacle des collines qui ondulaient de chaque côté de la route.

Vallemont était un beau pays. Le ciel était d'un bleu d'azur. Çà et là, de petits nuages blancs, tout ronds, coiffaient les sommets des montagnes alentour et jetaient leur ombre sur la vallée qui donnait son nom à cette petite principauté européenne.

La neige aurait dû tomber aujourd'hui, or il ne neigeait pas. Les vœux de la famille princière avaient-ils été exaucés ?

Will Darcy ne croyait pas aux miracles. Pour lui, la météorologie était tout simplement une science inexacte. Une affirmation d'autant plus surprenante qu'elle émanait de l'astronome qu'il était, reconnu et respecté dans sa spécialité.

La veille, à Londres, il avait donné une conférence au Space and Time Forum. Elle s'était terminée tard, raison pour laquelle il n'avait pris l'avion pour Vallemont que ce matin, suffisamment tôt pour arriver à temps au palais, juste avant le début de la cérémonie.

Il aurait pu profiter du retard annoncé de son vol pour annuler sa venue. Il avait une conférence à donner à l'université d'Amsterdam quelques jours plus tard. Un podcast à préparer pour le site Newyorker.com. Des corrections à apporter rapidement à la deuxième édition du manuel destiné aux doctorants en astronomie. Et ce n'était pas tout. Il y avait aussi ce jeu de réalité virtuelle, *La Nébuleuse Orion*, pour lequel il était à la fois conseiller technique et investisseur.

Autant de raisons pour annuler son voyage.

Et une seule pour monter à bord de l'avion : voir son vieil ami se mettre la corde au cou. Une journée à se pendre, en effet, pensa Will, décidant d'ignorer la boule au ventre qui l'avait tenu éveillé toute la nuit à la pensée des souvenirs que cette journée allait raviver.

Il accéléra brutalement, faisant bondir le cabriolet que son assistante avait loué pour lui avec l'espoir « qu'il réalise la chance qu'il avait et qu'il en profite au maximum ». Le vent lui ébouriffait les cheveux. Il accéléra de plus belle, franchit un col et découvrit un paysage différent mais tout aussi bucolique, puis un petit village.

Au détour d'un virage, il se retrouva dans une petite rue pavée bordée de lampadaires et de coquettes chaumières aux fenêtres décorées de géraniums.

Le moteur toussa comme Will rétrogradait et ralentissait pour éviter les joyeux drilles qui débouchaient des venelles et traversaient sans regarder.

La fête battait déjà son plein. Les pubs, les cafés, les rues résonnaient de rires. Les visages rayonnaient. Tout le pays se préparait à suivre à la télévision les festivités prévues pour le mariage. Des rubans roses et or flottaient dans les rues. Des drapeaux claquaient au vent dans les ruelles tapissées de pétales de fleurs multicolores.

Tout cela parce que son vieil ami Hugo épousait une femme du nom de Mercedes Gray Léonine, rien de moins !

Hugo qui, pour ceux qui avaient accroché rubans et calicots, et décoré la ville, était connu sous le nom de prince Alessandro Hugo Giordano.

Les piétons se firent plus rares et Will prit la direction du pont de pierres qui enjambait la rivière tumultueuse pour déboucher dans une clairière.

Ici, grâce à une pluie généreuse, la nature était luxuriante et tout était très vert.

Will poursuivit sa route. Passant sous un tunnel de feuillage qui longeait la rivière, il aperçut au loin des champs et, encore plus loin, des montagnes. Enfin, tout au fond, enturbanné de drapeaux et de rubans or et roses flottant dans la brise, solennel et imposant sur son piton rocheux, se dressait le palais de Vallemont, qu'on aurait dit tout droit surgi d'un conte de fées.

L'estomac noué, Will se pressa la poitrine comme s'il pouvait, par ce geste, chasser la douleur. Il avait été invité au palais pour la première fois plus de dix ans auparavant. Les circonstances – en l'occurrence, un accident de ski – l'avaient forcé à passer l'été chez ses grands-parents, à Londres, dans leur maison-mausolée. Claire, sa sœur, était donc allée seule au palais, à sa place. C'était quand même lui, le grand ami d'Hugo !

Quelques semaines plus tard, hélas, la vie de Will avait été irrémédiablement bouleversée par une véritable tragédie. Et le garçon, qui avait déjà beaucoup perdu, était devenu un jeune homme qui avait *tout* perdu. Depuis, Vallemont, ce palais enchanteur, était resté une blessure ouverte.

Des souvenirs remontèrent à la surface, puis s'effacèrent de nouveau. Il avait mal géré la situation à l'époque, mais aujourd'hui l'occasion de s'expliquer s'offrait à lui.

Il serra très fort son volant et continua de rouler.

La canopée s'épaissit. La route cahoteuse qui ne profitait

guère des rayons du soleil devint de plus en plus boueuse. Un troupeau de moutons traversa devant lui.

Si la vie n'était pas aussi cruelle, il aurait peut-être, un jour, assisté à ce mariage non comme un fantôme surgissant du passé mais en tant que témoin, que frère…

Il hocha la tête.

Si… si… si. Ce mot inutile tournait en boucle dans sa tête. La ritournelle s'arrêterait ce soir, mais il savait qu'elle recommencerait demain.

Le dernier mouton finit de traverser, suivi d'un berger qui toucha son chapeau en guise de salut. Will lui répondit puis redémarra. Lourdes de pluie, les branches des arbres penchaient bas sur la route glissante. La visibilité était quasiment nulle quand soudain…

Will pila. Cramponné au volant, il attendit que le cabriolet finisse son tête-à-queue pour respirer. Sa ceinture de sécurité l'avait empêché de heurter le pare-brise mais lui avait coupé le souffle. Le moteur de la décapotable toussa de nouveau… et cala.

Les poumons en feu, le sang cognant à ses tempes, il reprenait ses esprits quand il sursauta, en proie à une étrange panique.

Il avait entendu un bruit. Il en était sûr. Un bruit sourd mais violent. S'attendant à une catastrophe, un essieu cassé à cause d'une branche tombée sur la route ou, pire, un mouton retardataire projeté sur le bas-côté, Will rouvrit les yeux.

De maigres rayons de soleil filtraient à travers le feuillage. De la vapeur montait du chemin détrempé. Des feuilles mouillées tombaient des arbres qui surplombaient la voiture. Mais pas de mouton en vue.

En revanche, devant l'auto, juste au milieu de la route, il découvrit… une femme.

Il devait rêver ! Il cligna des yeux plusieurs fois pour s'assurer que la créature qu'il voyait existait bel et bien. On aurait dit que la femme à la silhouette de sylphide brillait dans la végétation très sombre qui l'environnait.

Une feuille détachée d'une branche tomba au ralenti, lui effleurant la joue. Une autre virevolta comme une plume avant de venir se poser sur son épaule nue. Une troisième tournoya devant son visage avant d'atterrir sur sa jupe rose, une jupe bouffante à volants. De la boue maculait ses chaussures élégantes et le bas de sa robe.

Une fois ces détails enregistrés – il ne lui avait pas fallu une demi-seconde pour tout remarquer –, il bondit hors de la voiture.

— Vous êtes blessée ? demanda-t-il, se passant la main dans les cheveux pour éviter de la toucher.

Elle ne sembla pas comprendre. Les yeux fermés, une moue triste sur les lèvres, elle pleurait. De grosses larmes laissaient des traînées noires sur ses joues pâles.

Brusquement, elle trembla comme si une bourrasque l'avait giflée, lui faisant perdre l'équilibre.

Au mieux, elle était en état de choc. Au pire…

— Madame, s'il vous plaît, regardez-moi ! dit-il, d'une voix très ferme cette fois.

Le genre de voix à faire taire une assemblée d'actionnaires en colère.

— Regardez-moi, répéta-t-il.

La femme tressaillit. Et elle ouvrit les yeux.

Ils lui dévoraient le visage. Tout à coup, il se rendit compte qu'elle tremblait comme une feuille.

Debout, dans le silence que seuls troublaient les chuintements du moteur qui refroidissait, il se dit qu'il n'avait jamais senti pareille énergie chez une personne. Comme le halo du soleil, cette force irradiait au-delà de son corps et emprisonnait quiconque se trouvait dans son aura.

Il recula d'un pas et dit :

— Je ne peux rien pour vous si vous ne me dites pas si vous êtes blessée.

Une nouvelle fois, elle frissonna, puis elle inspira profondément. Comme au sortir d'une transe, elle battit des paupières et regarda la voiture, puis leva les bras en l'air. Elle avait des diamants roses aux oreilles qui scintillèrent quand elle hocha la tête.

Hugo souffla, soulagé. Son stress retombé, il haussa le ton.

— Bon sang ! Qu'est-ce qui vous a pris, de vous jeter sous mes roues ?

Elle écarquilla les yeux puis releva la tête et, le menton pointé vers lui, retrouva sa voix.

— Je vous demande pardon, mais je ne me suis pas jetée sous vos roues.

L'accent des habitants de Vallemont, qu'il n'avait pas entendu depuis des lustres, faisait chanter chaque syllabe. Dans un flash, des bribes de souvenirs lui revinrent, et il sentit l'émotion le gagner.

Il se ressaisit.

— Peut-être pas, mais vous avez surgi de nulle part et vous êtes précipitée devant ma voiture. Vous n'avez pas pu ne pas m'entendre arriver. Mon moteur n'est pas particulièrement discret.

Sa remarque lui valut un commentaire, inattendu dans la bouche d'une jeune femme bien élevée.

— Discrète, votre voiture ? Vous plaisantez ! Vous auriez dû conduire plus lentement. D'autant plus que les routes sont glissantes, avec toute cette pluie !

— C'est une voiture de location, rétorqua-t-il, regrettant aussitôt d'avoir mordu à l'hameçon.

Il soupira.

— En l'occurrence, ma vitesse n'est pas en cause. C'est vous qui avez choisi de traverser dans un virage sur cette route où le feuillage empêche de voir à trois mètres. Vous auriez pu vous faire tuer. C'était peut-être ce que vous cherchiez, dans le fond ? Si c'est le cas, le moment est mal choisi : presque tout le monde est au palais ou devant sa télévision pour regarder le mariage princier.

Son visage se crispa. D'abord pâle, sa peau devint diaphane, et elle détourna le regard.

— Il n'y avait pas de calcul, marmonna-t-elle. Ça, je peux vous l'assurer.

— J'aurais juré avoir entendu un choc.

Elle fit une drôle de moue puis lui jeta un regard en biais.

— Quand je vous ai vu arriver, j'ai fait la seule chose à laquelle j'ai pensé : je vous ai lancé une chaussure.

— Une chaussure ?

— Oui, et je vous aurais même lancé les deux si la deuxième ne s'était pas coincée.

— Coincée ?

Elle devait commencer à le prendre pour un perroquet. Il avait des circonstances atténuantes : tendu à l'idée de retrouver Vallemont après tout ce temps, il s'était laissé gagner par le stress et la fatigue…

Il regarda sans rien dire la femme remonter sa robe pour lui montrer ses pieds. L'une de ses jambes fines était gainée d'un bas, et l'autre, dans la boue jusqu'à la cheville, était nue.

Will jeta un coup d'œil à son auto, puis regarda de nouveau l'inconnue. Le mariage de Hugo n'allait plus tarder à commencer.

Instinctivement, il tendit la main vers elle.

— Est-ce qu'en remuant votre pied vous pouvez le dégager ?

Sans attendre sa réponse, Will enleva sa veste de costume et la jeta dans la voiture, dont la fenêtre était restée ouverte. Il roula ses manches et examina la jeune femme. Elle était grande, elle devait faire un bon mètre soixante-dix.

— Si vous n'y voyez pas d'inconvénient, je vais vous soulever…

Posté derrière elle, il leva les yeux. Elle avait tourné la tête et l'observait, sans ciller, un rire dans ses grands yeux bleu clair.

— Ne vous inquiétez pas. Je veux seulement vous sortir d'une situation… embarrassante.

Elle lâcha le bas de sa robe, la lissa un peu de ses doigts fins et le regarda comme il l'avait regardée.

Les bras croisés, il attendait. Grand nom de l'astronomie moderne, il ne parlait qu'avec les patrons de la Nasa et des Nations unies. Il avait l'oreille des présidents et des premiers ministres. Mais, pour l'heure, sur cette route de campagne déformée par les nids-de-poule, ces prestigieuses références importaient peu.

La femme poussa un soupir. Elle fit un geste de la main qui voulait dire qu'elle capitulait et lança :

— OK, finissons-en ! Tirez-moi de là, et vite !

Mais il ne fallait pas confondre vitesse et précipitation. C'était la doctrine de Will. Les premiers effets de l'adrénaline étant passés, il devait maintenant veiller à rester au sec.

— Prête ?

Elle marmonna quelque chose et leva les bras, tandis qu'il la prenait par la taille.

— Empoignez mes bras, dit-il. Et penchez-vous en arrière, contre moi.

Elle s'agrippa à lui, et très vite il sentit l'énergie qui pulsait sous sa peau.

Tout à coup, son pied sortit de la boue, et elle chancela. Elle se redressa comme elle put, et se retrouva le nez dans son cou…

Gênée, elle le lâcha très vite, mais glissa de nouveau.

— Zut !

Et elle se raccrocha à lui et se mit à trembler.

Bon sang ! Qu'est-ce qui m'arrive, maintenant ?

Elle gémit, puis éclata de rire. Un fou rire irrépressible. Il crut qu'elle allait s'étrangler.

Elle avait les joues plus colorées que tout à l'heure et ses grands yeux bleu-vert brillaient étrangement.

La situation l'amusait ? Peut-être était-elle un peu folle ?

Soudain, il sentit qu'elle se détendait dans ses bras, et, au lieu des paroles qui lui brûlaient la langue, Will s'entendit dire :

— Si vous continuez de rire comme ça, je vous plante là !

L'air furieux, elle leva les yeux vers lui.

— Quel rabat-joie vous faites ! lança-t-elle.

Acquiesçant, Will hocha la tête. C'était lui, maintenant, qui se sentait piégé. Que fallait-il qu'il dise ? Que devait-il faire ? Avait-il raison d'envisager de la laisser partir ?

Dans le doute, il commença par desserrer les doigts un à un, et la repoussa légèrement.

— Écoutez, dit-il, je suis en route pour le palais. Je peux vous emmener, si vous allez dans cette direction. Ou vous déposer quelque part… Où vous voulez.

Pour autant qu'il lui en souvienne, il n'avait traversé aucun village et le palais se trouvait encore à bonne distance de cet endroit.

— Alliez-vous au mariage, par hasard ?

La question, toute simple, sembla effaroucher la jeune femme. Elle pâlit, et il vit ses yeux se remplir de larmes.

Elle se reprit très vite, s'essuya les joues et recula d'un pas.

— Non, non. Merci. Je… Ça va aller. Allez-y. Merci quand même.

Si cette femme voulait se débrouiller seule, habillée et chaussée comme elle l'était, c'était son problème. De quoi se mêlait-il ?

Il s'en persuadait quand il la vit regarder du côté du château, caché quelque part, là-bas, derrière les arbres, avant de se détourner d'un air déterminé.

Tout à coup, il eut un déclic, et tout se mit en place.

Cette tenue de dentelle rose, dont la jupe ample rebrodée d'or semblait trop longue pour elle… Ces sandales fines… L'inconnue était en robe de mariée !

Il jeta un coup d'œil à sa main gauche, tandis qu'elle relevait tant bien que mal sa traîne boueuse. Une pierre rose, un diamant gros comme un bouchon de carafe, serti dans un anneau d'or, brillait à son annulaire gauche.

Rose et or : les couleurs du drapeau de Vallemont.

Une seule femme dans ce pays pouvait, un jour comme aujourd'hui, porter une telle robe.

Sauf erreur de sa part, il avait failli écraser Mercedes Gray Leonine !

Laquelle, au lieu d'enterrer sa vie de jeune fille avec ses demoiselles d'honneur, sa famille, ses amies et tous ceux qui lui étaient chers, avant d'épouser le très convoité prince Alessandro Hugo Giordano et de devenir princesse de Vallemont, s'enfuyait par les collines, pieds nus dans la boue, dans une tentative désespérée d'échapper à son avenir radieux.

Qu'allait-il faire, maintenant ?

2.

— Vous plaisantez !

Sadie faillit crier en entendant la voix de l'homme, mais elle avait tellement pleuré depuis une heure qu'elle avait la gorge sèche.

Elle avait les nerfs à vif, et l'envie de se réfugier dans un trou de souris la tenaillait.

N'écoutant que son instinct, elle se remit en marche dans l'espoir que son sauveur lui fiche la paix et reprenne le volant.

Hélas, sa voix grave lui parvint, soulignée par un coup de klaxon.

— Allez, c'est bon, arrêtez-vous…

Son pied nu glissa dans une flaque de boue. Elle ferma les yeux, inspira profondément puis se retourna, prête à affronter cet importun.

Quand elle avait entendu la voiture arriver dans le virage, elle avait revécu toute sa vie. Littéralement. Les petits et les grands moments de son existence avaient défilé devant ses yeux comme un livre d'images feuilleté à toute allure.

Parmi d'autres images, elle gardait celle d'une fillette de cinq ou six ans, deux nattes volant d'un côté à l'autre de sa tête, en train de courir dans les couloirs du palais, poursuivie par un Hugo riant aux éclats. Sa maman lui faisait les gros yeux et la grondait. « S'il te plaît, Sadie, tiens-toi correctement ! »

Quand elle avait croisé le regard de l'automobiliste au visage anguleux, aux cheveux noirs ébouriffés, elle avait songé : « C'est la dernière belle chose que j'aurai vue avant de mourir »...

C'était avant qu'il s'approche d'elle, et qu'elle croise ses yeux... Cette fossette sur sa joue... Mon Dieu ! Quel saisissant Hamlet il ferait ! Mais, avec ses boucles ramenées sur le front et sa carrure d'athlète, peut-être avait-il aussi quelque chose de Laërte, roi d'Ithaque et père d'Ulysse ? Ou, pourquoi pas, de Mercure ?

Bref, il était beau comme un dieu ! Heureusement qu'elle n'était pas en cours, car, au premier regard, ses étudiants en art dramatique auraient été trop distraits pour continuer à l'écouter.

À propos d'étudiants... À son retour au palais, elle s'était fiancée. Le palais l'avait incitée à prendre un congé sabbatique pour s'initier à son futur rôle de princesse. On lui donnait six mois pour décider si elle voulait poursuivre dans le théâtre.

— Madame...

Elle revint à l'instant présent. Il fallait qu'elle se concentre, qu'elle cesse de s'évader, même si elle préférait l'évasion à la réalité.

— Mademoiselle, fit-elle sèchement, le corrigeant.

Oui, elle était bien une *demoiselle*. Se rappelant la bague de fiançailles qu'elle portait sur sa main gauche, elle la cacha discrètement dans un repli de sa jupe rose en tulle.

— Je vous l'ai dit, je vais bien. Je vous assure. Vous pouvez partir, maintenant.

D'un air décidé, elle fit un pas en arrière, posa le pied sur un caillou pointu et lâcha un juron, avant de se pincer l'arête du nez pour essayer d'arrêter les larmes qui menaçaient de couler.

— Mademoiselle, dit l'inconnu d'un ton radouci. Vous n'avez plus du tout de chaussures, maintenant. Vous êtes couverte de boue. Je vois bien que ça ne va pas. Le village le plus proche est à deux kilomètres au moins. Il est presque 15 heures. À moins que vous n'ayez un autre moyen de transport à disposition, soit vous venez avec moi, soit vous dormez à la belle étoile. Vous pouvez me faire confiance.

Lui faire confiance ? Il la croyait tombée de la dernière pluie ?

Ignorant tout des pensées qui la traversaient, l'inconnu continua.

— Comment pourrais-je me regarder dans la glace si demain matin j'entendais à la radio qu'une femme a été dévorée par un ours, et qu'on n'a retrouvé que quelques os et une robe rose ?

Sadie retint un éclat de rire.

— Les ours sont rares à Vallemont. De toute façon, il y a plein de poissons !

Elle avait fait des kilomètres sous la pluie, à travers champs, en talons hauts et dans une robe qui pesait deux fois son poids. Elle n'avait rien mangé depuis… Depuis quand ? Hier soir ? Rien qu'avec toutes les larmes qu'elle avait versées, elle risquait la déshydratation. Moralement, physiquement, elle n'en pouvait plus. Elle était à bout de forces.

Il lui faudrait pourtant toute l'énergie, toute la volonté qu'il lui restait pour tenir le coup, pendant les jours, les semaines, les mois à venir, quand il faudrait affronter le chaos insensé qu'elle avait laissé derrière elle.

Elle lui jeta un regard en biais. Costume chic. Ongles

propres. Accent pointu. Il avait ce je-ne-sais-quoi qui laissait à penser qu'il était bien né. Et aisé.

Intriguée qu'il n'ait pas tenté de lui faire un numéro de charme – elle était jolie, très jolie, même, disait-on –, elle se demanda si elle avait commis un impair. Certes, il ne la croisait pas au mieux de sa beauté, il n'empêche, elle était digne d'être aimée. Ou, du moins, remarquée…

— Qui me dit que vous n'êtes pas un tueur en série, après tout ? Moi, je pourrais très bien être une criminelle. C'est peut-être ma façon d'opérer ? Qu'est-ce que vous en savez ?

Il dut lire quelque chose sur son visage, percevoir une bizarrerie dans sa voix, car il pencha la tête sur le côté, juste un peu, assez pour qu'elle saisisse ce qu'il pensait. Ce qui était frustrant, c'était qu'il avait raison : elle essayait de faire diversion.

C'était une chance qu'il soit arrivé juste au moment où elle avait le pied coincé. Une chance encore plus grande qu'il soit étranger à ce pays et ne puisse pas deviner qui elle était. Car son visage avait paru dans toute la presse, ces dernières semaines. Oui, enfin, pas *son* visage. Le visage maquillé, soigné, sophistiqué d'une future princesse. Parce que la cérémonie intime qu'elle souhaitait, l'union librement consentie de deux amis ayant conclu un mariage arrangé, avait pris la forme d'un événement mondain et international. Exactement ce dont elle ne voulait pas !

Dans son malheur, elle avait eu une chance inouïe. Personne ne l'avait vue sauter par la fenêtre de l'antichambre du vieux palais – six cents ans ! – alors que les cloches sonnaient à toute volée, tellement fort qu'on devait les entendre à cinquante kilomètres à la ronde.

Elle regarda la route. À droite, elle menait vers le palais, où l'on avait sûrement découvert sa disparition. À l'heure qu'il était, des battues étaient certainement organisées pour la retrouver.

Sa gorge se serra. Elle jeta un coup d'œil du côté de l'auto de l'inconnu. Jantes en alliage, ailes fuselées, tout cela sentait l'argent et la vitesse. Honnêtement, même dans une vieille guimbarde, il l'éloignerait de ses ennuis mille fois plus vite que si elle marchait.

Elle lui tendit la main.

— Passez-moi votre téléphone.

— Ah ? Vous n'êtes donc pas une criminelle mais une voleuse ?

— Je vais indiquer à ma mère où la police doit chercher si je disparais.

— Vous n'avez pas de portable ?

— Si. Dans mon autre robe.

Elle remarqua son regard amusé. Il se pencha vers la voiture et, à l'intérieur, prit un téléphone dernière génération dans un petit vide-poches, entre les sièges baquets.

Elle s'en empara et fit mine d'écrire un SMS. Mais que dire ? « Je suis désolée » ? « Je vais bien » ? « J'ai tout envoyé promener » ? « Je donnerais tout pour m'assurer qu'ils ne vont pas te faire payer à ma place » ?

Sa mère était cameriste au palais bien avant la naissance de sa fille. Le palais était sa maison, à elle aussi, et cela faisait presque trente ans qu'elle y vivait. S'ils licenciaient sa mère à cause de ce qu'elle avait fait, elle…

En proie à une soudaine panique, elle imagina le pire. Puis se raisonna. Non, même s'il lui pardonnait difficilement ce qu'elle lui faisait aujourd'hui, Hugo n'exercerait pas de représailles contre sa mère. Il était bon. Foncièrement bon.

Maman

Parfait pour commencer.

À l'heure qu'il est, tu sais sûrement que je ne suis pas dans la chapelle.

Profonde inspiration.

Je n'ai pas pu. C'était une erreur. Ni la faute d'Hugo ni la mienne. Si tu le vois…

Elle s'arrêta, supprima la dernière ligne. Elle parlerait elle-même à Hugo.

Je suis horriblement désolée de ce que j'ai fait mais je te promets de réparer du mieux possible. Aujourd'hui, maintenant, je n'ai qu'une envie, c'est d'aller de l'avant et de me faire un bon shampooing. À part tout ça, sois tranquille, je vais bien. xoxo

Avant de changer d'avis, elle appuya sur la touche « envoyer », ne se rappelant que plus tard que sa mère, qui ne connaissait pas ce numéro, n'ouvrirait peut-être pas le SMS.

Quelques secondes de réflexion et elle appela Will.

— Souriez !

Son bienfaiteur se retourna et elle prit la photo.

Elle envoya un nouveau message accompagné de la photo.

J'ai emprunté son portable au gentleman qui figure sur cette photo. Ne réponds pas sur ce téléphone. Je t'appelle plus tard. Bisous.

Elle lui avait coupé le haut de la tête et une oreille, mais c'était quand même lui, avec son air renfrogné.

Elle envoya le tout, puis songea qu'elle pourrait aussi écrire à Hugo. Après tout, la personne à laquelle elle avait demandé de prévenir ce dernier ne l'avait peut-être pas fait. Et, même si elle l'avait fait, c'était à elle, Sadie, de lui dire, de lui expliquer…

De lui expliquer quoi ? Qu'elle n'était qu'un petit chat peureux ?

Son doigt glissa lentement sur l'écran.

— Terminé ? demanda le propriétaire de l'appareil.

Elle lui rendit son portable.

— Maintenant, je monte en voiture avec vous, d'accord ?

— Quel courage !

— Vous n'avez pas idée…

Il fit une drôle de mimique qui creusa une fossette dans sa joue. Irrésistible ! Mais elle n'était pas femme à perdre la tête pour une fossette. Sous le sourire le plus charmeur pouvait se cacher la pire des crapules.

Sa mère n'avait cessé de le lui marteler…

Partant de là, il lui avait fallu vingt-neuf ans pour accepter d'épouser Hugo, son meilleur ami depuis sa naissance. Malgré cela, au moment de passer à l'acte, elle avait pris ses jambes à son cou, suivant en cela l'exemple de son père.

La vérité sur ce qui se passait entre ses parents lui donnant, comme toujours, envie de pleurer, elle se frotta les yeux pour refouler ses larmes. Elle avait assez pleuré comme ça !

Aujourd'hui, elle avait fait un choix. Un choix qui l'avait conduite sur ce chemin. Seule. Et elle devait rester seule pour envisager son avenir. Mais l'inconnu qui s'était proposé pour la raccompagner n'était pas disposé à la laisser tranquille. Il semblait se croire obligé de jouer les preux chevaliers, alors qu'elle ne lui demandait rien, et il voulait, apparemment, la mettre en sécurité quelque part.

Il contourna la voiture et ouvrit la portière côté passager.

— Si *Mâdâme* veut bien se donner la peine…

Elle se raidit. Le regarda. Avait-il compris qui elle était ? Non. L'expression de son visage n'avait pas changé.

— Je m'appelle… Sadie.

— Ravi de vous connaître, Sadie. Moi, je suis Will.

Il lui tendit la main. Elle la serra. Elle était tiède, la

sienne, froide. Puissante quand la sienne était fragile. Une grande poigne d'homme dans laquelle la sienne tenait tout entière. Pour la première fois de sa vie, elle eut la certitude que tout allait bien se passer.

Elle dégagea sa main, ramassa sa robe comme elle put et s'assit dans la voiture.

Il referma sa portière et, en le voyant s'installer au volant, un beau volant gainé d'un cuir lisse couleur fauve, elle soupira. Tout compte fait, elle était soulagée. Elle n'était plus dehors, pieds nus, fuyant sans savoir où elle allait…

Il jeta un coup d'œil à sa montre. *Il pense au mariage auquel il doit se rendre*, se dit-elle.

Épouvantée à l'idée qu'il l'y dépose, elle anticipa.

— Vous avez parlé d'un petit village par là, dit-elle, montrant la direction opposée à celle du palais.

Will fit rugir le moteur, opéra un demi-tour parfait et emprunta la route qu'il avait dû prendre pour venir.

Dans le rétroviseur, Sadie aperçut le palais au loin. Le soleil de l'après-midi commençait à peindre les pierres de sa lumière rose doré qui prêtait à la principauté les couleurs romantiques de son drapeau.

Après ce qu'elle avait fait, s'y montrer était impensable. D'ailleurs, la laisserait-on seulement entrer ? Et sa mère ? Qu'allait-il advenir de sa mère, la camériste qui vivait et travaillait au palais depuis bientôt trente ans ?

Sadie refoula toutes ces questions et ferma les yeux. De toute manière, pour l'instant, elle ne pouvait rien faire.

Plus tard. Elle verrait tout ça plus tard.

Le coude négligemment posé sur le rebord de sa vitre, Will feignait la décontraction. Malgré le stress qui le gagnait peu à peu. Reprenant le pont qu'il avait traversé un peu plus tôt, il entra dans le village. Les drapeaux volaient au vent. De la musique sortait des haut-parleurs accrochés, pour la circonstance, aux lampadaires. Il n'y avait pas un chat dans les rues. Tous les Vallemontains devaient être devant leur télévision, attendant la mariée, qui allait bientôt faire son apparition.

Si Hugo ne savait pas encore que sa future femme avait disparu, il n'allait pas tarder à le constater. Un plan pour la retrouver avait déjà dû être élaboré.

Will allait, lui aussi, devoir imaginer un plan. D'ici là…

— Que faites-vous ? demanda Sadie, se dressant sur son siège. Pourquoi ralentissez-vous ?

— Il faut qu'on fasse le plein, répondit-il, prenant la bretelle vers la station-service décorée de calicots roses et or.

Il se rangea et descendit de la voiture, non sans avoir, au préalable, mis discrètement son portable dans sa poche. Il s'approcha de la pompe, d'où il apercevait Sadie. Prudente, elle avait glissé au fond de son siège baquet, et il ne voyait plus d'elle qu'une meringue rose, blanche et or d'où émergeaient quelques boucles auburn.

— Vous pouvez respirer, là-dessous ? lui lança-t-il.

— Ma robe est assez aérée !

— D'accord, mais votre robe n'est pas prévue pour être portée sur votre visage.

Deux mains aplatirent un peu le tulle et un petit visage apparut.

— Un point pour vous !

Elle cligna des yeux, des yeux rougis au-dessus d'un bout de nez rose. Elle avait dû se mordre les lèvres, car elles étaient toutes rouges, songea-t-il. Quand elle ne faisait pas la mauvaise tête, elle était plutôt mignonne.

Il chassa cette pensée, prit de l'essence puis entra dans la boutique. Il fit un petit signe au caissier et alla dans un coin discret pour téléphoner.

— Salut. Comment vas-tu ?

Deux secondes de silence.

— Darcy ? Écoute, je ne peux pas…

— Tu ne peux pas parler parce que tu dois te marier et que ta fiancée s'est volatilisée, c'est ça ?

Un silence assourdissant. Puis un bruit de pas. Hugo devait s'être éloigné vers un endroit discret.

— Mince ! Comment peux-tu… ?

— Elle est avec moi.

Will fit le récit des événements qui l'avaient conduit à garder la jeune femme auprès de lui.

D'une voix étranglée, Hugo raconta qu'une domestique venait de lui remettre un mot de Sadie.

— Juste avant que tu appelles. C'est écrit au rouge à lèvres sur un bout de papier déchiré. Elle dit qu'elle ne peut pas se marier, qu'elle ne veut plus… Je n'y ai pas cru… jusqu'à maintenant. Bizarrement, pourtant, toute ma vie, j'ai attendu ce mot. Je… Bon Dieu ! Excuse-moi une seconde.

Hugo avait parlé d'une voix étouffée. Will pensa que son ami avait recouvert son téléphone pour ne pas être entendu car quelqu'un avait dû entrer.

Cela faisait des années qu'il n'avait pas vu Hugo. Adolescent, déjà, il était sérieux, comme si le poids du monde pesait sur ses épaules. Puis il y avait eu l'accident et le décès de son père. Tout son monde s'était alors écroulé.

Will avait soutenu Hugo en ces moments difficiles. Ce dernier avait voulu le remercier après la mort de Claire, quelques mois plus tard. Il avait mis son chagrin de côté pour soutenir Will, mais Will avait repoussé l'aide de son ami et ses conseils, qu'il avait trouvés mal à propos.

En la circonstance, Will s'était mépris. Il n'allait pas tourner le dos au prince, maintenant.

Il examina la station-service décorée de fanions roses et or. Derrière son comptoir, le caissier regardait la télévision, où des invités approchaient des grilles du palais. Tout ce beau monde souriait et faisait bonjour de la main. Will frissonna. Tout était arrivé très vite – l'accident évité de justesse, le sauvetage de la jeune femme, ce qu'il avait deviné et sa décision de l'aider –, et il n'avait pas mesuré les conséquences de la décision qu'il avait prise à ce moment-là.

Le pays entier retenait son souffle dans l'attente du début de la cérémonie, ignorant le drame qui se jouait : Hugo assis, seul, quelque part dans le palais, contraint de faire face au choc émotionnel et à une humiliation qu'il ne méritait pas. Une nouvelle fois.

— Excuse-moi, dit Hugo, reprenant la ligne.

— Bon sang ! s'exclama Will. Que s'est-il passé, mon pote ?

Hugo reprit, d'une voix nettement plus calme.

— Elle n'est pas blessée ? Bouleversée ?

— Non. Elle tremble mais elle n'est pas blessée.

— Il faut que je lui parle.

J'aimerais bien, moi, la faire sortir de ma voiture et la planter là, au bord de la route… Qu'elle réalise ce qu'elle vient de faire ! se dit Will, soudain furieux.

Apparemment, Hugo ne partageait pas son état d'esprit. Si Will venait à Vallemont dans l'intention de mettre les choses à plat avec son vieil ami Hugo, pour renouer, en somme, il choisissait mal son moment ! L'occasion rêvée se révélait plutôt compliquée.

— Je te le dis tout bas, elle ne sait pas que je te téléphone. En fait, elle ne se doute pas que j'ai compris qui elle est. Je crois que c'est pour ça qu'elle a bien voulu que je la prenne en voiture.

Comme Hugo ne disait rien, il poursuivit.

— C'est comme tu veux. Soit je lui passe le téléphone, soit je la garde avec moi jusqu'à ce que tu envoies quelqu'un la récupérer. À moins que tu ne préfères que je te la ramène tout de suite. Le pays n'attend que ça !

L'espoir qu'Hugo lui dise « ramène-la-moi » fut vain. Dommage, le souhait qu'avait Will en venant à Vallemont aurait été exaucé.

— Ce qui m'arrangerait, c'est que tu puisses rester un peu avec elle, répondit Hugo. J'enverrai quelqu'un la chercher dès que possible. D'ici là, merci de prendre soin d'elle.

Will opina avant de poser à son ami la question qui lui brûlait la langue.

— Et toi ? Que comptes-tu faire, maintenant ?

— Ça, mon ami, c'est *la* question.

— Tu ne me demandes pas de te ramener ta fiancée ?

Will imagina le sourire ironique de son ami. Et, brusquement, les kilomètres et les années qui les avaient séparés se réduisirent à néant.

— Non, déclara Hugo. Non, pas ça.

Le prince raccrocha le premier.

Will regarda la photo qu'il avait accolée au numéro personnel d'Hugo. Eux deux à dix-sept ans, en tenue d'escalade, le sourire aux lèvres, se tenant par les épaules, les falaises à pic qu'ils allaient grimper en toile de fond. Claire avait pris ce cliché la veille du jour où il s'était cassé la jambe. À la fin de ce même été, on avait découvert une tumeur au cerveau chez Claire. Incurable. Quelques mois plus tard, elle les avait quittés pour toujours…

Will fourra son portable dans sa poche et fit de son mieux pour chasser ce souvenir avant qu'il ne le mine.

Hugo n'était pas le seul à avoir des choses à faire. La différence, c'était que le prince était entouré de conseillers prêts à l'aider à décider de la suite, alors que Will n'avait personne.

Ce n'était pas facile pour un jumeau d'admettre qu'il n'était plus deux mais un. Cela l'avait hanté longtemps après la mort de sa jumelle. Jusqu'au jour où, pour se cacher de son professeur d'économie, à Cambridge University, il s'était retrouvé par hasard dans une salle où avait lieu une conférence sur « Les planètes et le cycle cosmique ». Il avait été fasciné.

Le dernier cadeau de Claire – elle avait prévu de le lui offrir pour leur dix-huitième anniversaire –, il l'avait trouvé dans sa chambre après son décès : un télescope.

Lui qui ne croyait pas aux signes avait dû s'interroger.

Il paya son essence, s'interdisant de jeter un coup d'œil à l'écran du téléviseur, qui diffusait toujours, évidemment, les derniers préparatifs du mariage.

En regagnant sa voiture, il se rappela deux choses.

Un : il n'était pas seul.

Deux : il avait Sadie avec lui.

Alors qu'il reprenait place au volant, elle lui lança un étrange regard. Elle avait les yeux grands ouverts, quelques boucles auburn sur le front, une épaule nue qui dépassait de la chantilly de tulle. Cette femme était le chaos incarné. Derrière elle, elle ne pouvait laisser que désordre et chambardement.

— Tout va bien ? demanda-t-elle. Vous êtes parti longtemps.

— Ah bon ?

D'une main trop nerveuse à son goût, il mit le moteur en marche.

Il venait ici, le cœur en bandoulière, pour assister au mariage de son ami, qui allait épouser une autre femme que Claire. Hugo l'avait-il invité pour le punir de lui avoir reproché son attitude au moment du décès de sa sœur ?

Non. La punition, c'était cette femme. Mercedes « Sadie » Gray Leonine. Veiller sur elle à la place d'Hugo, la garder hors de sa vue jusqu'à ce que son ami trouve une bonne âme pour venir la chercher…

Hugo lui faisait payer cher son erreur passée.

Quand tout serait réglé, il prendrait le premier vol pour partir. On annonçait une nuit particulièrement belle à Londres, ce serait l'occasion de profiter de la splendeur exceptionnelle du ciel.

Se sentant soulagé, il fit un petit sourire à Sadie, qui répondit en détournant la tête. Étonné, il en fit autant.

— J'ai fait le plein. Le ciel est bleu.

Il brancha le GPS.

— Nord ? Sud ? Est ? Ouest ? Mer ? Montagne ? La Lune ? Où va-t-on ?

3.

Elle se mordait un ongle avec une telle rage qu'il se cassa. *Zut !*

« Où va-t-on ? » avait-il demandé. Comme si elle le savait ! Elle n'avait pas de plan…

Son seul but avait été de s'éloigner le plus possible du palais, sans se faire repérer. Mais la chance risquait de ne pas durer. Le mieux était de prendre contact avec Hugo, d'une façon ou d'une autre. De s'excuser, de lui démontrer qu'ils feraient une erreur, tous les deux, en se mariant. En bref, qu'elle avait pris la bonne décision.

— Une chambre, dit-elle. Pour la nuit. C'est ce que je voudrais.

— Parfait. Vous avez un endroit en tête ?

— Pas vraiment. N'importe où pourvu que ce soit tranquille.

Discret. Le contraire des demeures royales d'Hugo, en somme.

— Où y a-t-il des motels douteux comme on en voit dans les films policiers américains ? ajouta-t-elle.

— Pardon ?

Elle tourna les yeux vers lui. Grâce au ciel, il ne la regardait pas, mais il avait l'air agacé, impatient. C'était tant mieux, car tout à l'heure son sourire étincelant l'avait un peu perturbée. C'était peu dire.

D'habitude, elle se mettait en quatre pour rendre service, pour que les gens se sentent à l'aise en sa présence. Hugo disait que son besoin d'être aimée était maladif. Il avait tort. Elle voulait seulement qu'autour d'elle tout le monde soit heureux.

Dans le cas présent, mieux valait qu'elle se méfie, qu'elle voie dans ce compagnon un instrument pour arriver à ses fins, plutôt qu'une rencontre, un espoir… Surtout maintenant qu'elle était livrée à elle-même.

Elle se tourna sur son siège en essayant d'aplatir la mousse de tulle qui l'entourait.

— Vous savez, le genre où l'antihéros dans sa vieille Cadillac marron se gare derrière une espèce de baraque à toit plat improbable, glauque, où une vieille femme, une cigarette au bec, ne prend même pas la peine de lever les yeux de ses mots croisés pour lui faire signe d'entrer.

Il la regarda et dit :

— « À toit plat » ?

Pas étonnant qu'il soit surpris. Elle était la seule à relever ce genre de détails.

Comme elle avait fixé ses yeux, très noirs, plus longtemps qu'elle n'aurait dû, elle tourna la tête et fit mine de s'intéresser à ses faux ongles.

— Oui, répondit-elle avec lassitude. Il n'y a pas d'endroits comme ça à Vallemont. Pourquoi ?

— Parce que c'est Vallemont, justement.

Et il avait raison.

Petite, quand elle regardait Hugo partir à l'école, il lui faisait envie. Elle avait hâte de découvrir le monde, de voir comment on vivait ailleurs, de l'autre côté de la frontière du pays où elle était née.

Bien décidée à savoir, elle s'était arrangée pour suivre des cours d'art dramatique à New York. Durant quatre années.

Au début, ça avait été un rêve. Les auditions, un boulot de serveuse, une vie chiche avec trois colocataires dans un studio de Brooklyn. Des marches dans les rues où personne ne connaissait son histoire, une ville avec ses odeurs de métro, ses trottoirs défoncés, sa frénésie frôlant la folie, aux antipodes d'un endroit comme Vallemont.

Au milieu de l'année, elle avait commencé à se sentir très seule, et l'expérience new-yorkaise, aussi excitante fût-elle, avait fait son œuvre destructrice. À la fin de l'année, elle avait pris conscience que ce n'était ni du bruit, ni de l'agitation, ni de l'énergie d'une capitale qu'elle rêvait, mais d'être maîtresse de sa vie.

Finalement, un an plus tard, elle revenait au bercail, abandonnant un rêve que beaucoup auraient payé cher pour réaliser. L'ondulation des collines à l'infini, les prairies verdoyantes, l'eau cristalline des cours d'eau nourris par la neige qui coiffait les montagnes, et les villages avec leurs ruelles pavées, la lumière tamisée du soleil et le bonheur tout simple dans des demeures tranquilles... Mon Dieu ! Quel soulagement elle avait ressenti. En retrouvant tout cela !

Et voilà... Une nouvelle fois, elle venait de passer à côté de sa chance. Une nouvelle fois, elle venait de tout envoyer valser !

Elle bascula la tête en arrière.

— Si c'est une chambre que vous voulez, pourquoi pas ici ? suggéra Will en ralentissant.

Sadie entrouvrit un œil. L'endroit en question était à des années-lumière de la masure glauque au toit plat dont elle venait de parler.

Un panneau « La Tulipe » se balançait sous le toit pointu d'un bâtiment de trois étages, délabré, avec des balcons tout autour. Des bougainvillées fuchsia couraient sur la façade de briques. Bizarrement configuré, il se trouvait à l'intersection de deux routes, l'une montant dans la colline et l'autre descendant en pente raide dans une vallée dont elle ne voyait pas le fond.

Un chat malingre traversa devant Will, qui manœuvrait dans le parking pour se garer. Le cabriolet arrêté, il descendit et alla prendre un sac en cuir noir dans le coffre.

Sadie se redressa sur son siège.

— Qu'est-ce que vous faites avec ça ?

— Je ne veux pas laisser mes affaires dans la voiture pendant que je vous installe dans votre chambre.

Elle jeta un coup d'œil par-dessus son épaule. Une brise légère balayait les feuilles sèches sur les pavés. Un petit oiseau dansait sur une branche morte. À part cela, rien ne bougeait. Il n'y avait pas âme qui vive aux alentours.

— Ce n'est pas la capitale du crime, ici !

Ignorant sa remarque, il prit l'autre bagage – une énorme valise couleur argent – dans le coffre et le posa à terre.

— Vous venez ?

Des voix approchaient. Un couple qui riait… Ce n'était pas le moment de s'éterniser là, mais…

— Je ne vais pas entrer comme ça ! s'écria Sadie. J'ai l'air d'une…

… d'une fille qui vient de laisser tomber le célibataire le plus convoité du pays, qui l'attendait au pied de l'autel. Elle aurait préféré entrer nue que vêtue de cette robe déchiquetée. Et puis on allait la reconnaître. Non, elle ne pouvait pas se le permettre.

— Qu'avez-vous dans votre sac ? Dans votre grosse valise ?

Will empoigna la valise grise, si grande que Sadie aurait pu tenir dedans.

Une seconde d'hésitation et elle demanda :

— Vous auriez un truc à me prêter ? Je me déshabille et, dès que je suis dans la chambre, je vous le rends.

La fossette, son adorable fossette, creusa sa joue. Sa paupière droite cligna légèrement. L'air embarrassé, comme si regarder quelqu'un en face le gênait, il se détourna.

Se rendant compte que ce qu'elle venait de dire pouvait prêter à confusion, elle rougit jusqu'aux oreilles et, maladroitement, essaya de rectifier.

— Enfin, je veux dire : je chercherai autre chose à me mettre. Je m'enroulerai dans un drap s'il le faut. Et vous pourrez partir.

Agacé, il prit son sac en cuir, le posa sur le siège du conducteur et s'éloigna. Il n'était pas question qu'elle le prenne pour un voyeur.

Dans le sac, elle trouva un pull en cachemire. Noir et doux, il sentait délicieusement bon. C'était cette odeur qui l'avait frappée quand l'inconnu l'avait prise par la taille et serrée contre lui pour lui sortir le pied de la boue. Le contact avait été bref mais intense… Impossible à oublier.

Elle se racla la gorge et renonça au pull pour prendre une tenue plus pratique. Un jogging. Noir, encore. Et un haut, noir. Son sauveur aimait cette couleur. C'était peut-être un espion. Ou un magicien. Ou un grand dépressif ?

Elle lui jeta un coup d'œil. Les mains dans les poches, le visage offert au soleil, il l'attendait.

Même en costume, on devinait que c'était un grand nageur. Épaules larges et musclées, hanches minces. Quand il tournait la tête et qu'elle voyait son visage de profil, elle sentait chez lui une belle assurance. Elle ne le trouvait pas commode mais le sentait bien dans sa peau.

Non, il n'était pas dépressif. Peut-être, tout simplement, aimait-il le noir ?

Elle déballa le jogging, l'enfila jusqu'aux genoux, se

tordit les mains sur les épaules pour se débarrasser des épaisseurs de dentelle rebrodée d'or et de cristal… Pas de chance. Elle se contorsionna pour atteindre le bas de son dos. Agacée, elle songea à faire passer sa robe par-dessus sa tête, mais il y avait tellement d'épaisseurs de tulle et de jupons qu'elle risquait de rester coincée et d'étouffer sous cette avalanche de tissu.

Perplexe, elle regarda le ciel. Pas un nuage. Un ciel bleu azur magnifique…

Enfin, elle se décida à demander de l'aide.

— Will ? Vous pouvez venir un instant ?

Il tourna les talons.

— Comment ?

Il avança de quelques pas.

— Vous voyez bien ! Je suis coincée, fit-elle, énervée. Avec tous ces boutons…

— Que voulez-vous que je fasse ?

— Commencez par le haut !

Il s'approcha. Inspira. Une longue et profonde inspiration, puis, effleurant sa nuque, il écarta les boucles auburn.

Elle frissonna.

— Vous avez froid ? Vous avez la chair de poule.

— Non. Continuez.

— Vous savez qu'il y a des millions de boutons sur cette chose.

— Cent huit, exactement.

Une par année de règne des Giordano sur Vallemont ! C'est à ce moment, quand le simple mariage qu'elle avait envisagé s'était transformé en un événement mondain où le nombre de boutons de nacre sur sa robe avait été calculé en fonction de l'histoire de la principauté, qu'elle aurait dû capituler et dire non.

— Question sérieuse. Y a-t-il d'autres épaisseurs sous votre robe ?

— Vous voulez savoir si je porte quelque chose dessous ?

Jusqu'à présent, elle n'avait pas identifié l'origine de son accent, mais maintenant ces mots clairs, bien articulés, lui paraissaient souligner l'évidence : il parlait la langue de la reine. Il était britannique.

— Non, Will, je ne suis pas nue sous ma robe. Je porte des sous-vêtements.

— Heureux de l'entendre. Et vous avez l'intention de porter votre robe à l'avenir ?

— Une fois que je l'aurai enlevée, je ne veux plus en entendre parler, ni même la voir.

— Parfait. J'y vais, alors…

Sans hésiter, il plongea une main entre la robe et les épaules de Sadie puis déchira le tissu, qui crissa dans le silence. Les boutons sautèrent sur le tableau de bord, sur le volant de la superbe décapotable.

Les coutures avaient lâché et la robe se desserra soudain, libérant la poitrine de Sadie. Elle inspira une énorme bouffée d'air, qui lui emplit les poumons. Une bouffée d'air comme elle n'en avait pas inspiré depuis des heures. Des jours, même. Des semaines, peut-être ? Peut-être même était-ce la seule vraie inspiration qu'elle prenait depuis qu'Hugo et elle s'étaient tapé dans la main pour conclure leur accord. « Tope là, on se marie ! »

Elle sentit que Will lâchait le tissu, et ses mains chaudes cessèrent d'effleurer sa peau. Elle eut un nouveau frisson.

— Merci, dit-elle en se tortillant pour se débarrasser de l'encombrant vêtement.

Il sortit de la voiture et s'adossa à la portière.

C'était l'automne et il ne faisait pas chaud. Elle enfila vite les vêtements qu'il avait dans son sac. Ils étaient imprégnés de l'odeur qu'elle avait déjà sentie sur lui, celle du bois de santal mêlé de cuir et d'eau de Cologne. Un parfum subtil, cher et enivrant !

Plus vite elle lui rendrait ses vêtements, mieux ce serait.

Après avoir roulé sa robe en boule, elle descendit de la voiture. Pieds nus sur les pavés froids du parking, elle grelotta et serra les bras sur sa poitrine pour retenir un peu de chaleur. Le jogging, qu'elle ne tenait plus, en profita pour tomber. Elle le rattrapa et le coinça sous son haut, qui lui arrivait à mi-cuisses et cachait ses fesses.

Elle se pencha pour se regarder dans le rétroviseur et, horrifiée, recula. Ses cheveux étaient un désastre. C'était tout juste si elle se reconnaissait, avec ce mascara qui avait coulé sur ses joues. Elle effaça du mieux qu'elle put les coulées noires puis entreprit de se recoiffer. Après les millions de boutons de sa robe, c'étaient maintenant des milliers d'épingles censées retenir la savante construction qu'il fallait qu'elle enlève. Quel travail !

La dernière épingle enlevée, elle poussa un ouf de soulagement et remua plusieurs fois la tête de droite à gauche. Mais ses cheveux étaient tout emmêlés… Elle pesta contre le zèle de la coiffeuse, puis finit par venir à bout des nœuds et se massa le crâne pour rétablir une circulation sanguine normale. Avec délicatesse, elle ramena ses cheveux en arrière et les noua en une queue-de-cheval lâche.

À ce stade, elle n'avait plus rien d'une mariée qui épouse un prince, elle ressemblait plutôt à la fille très rock and roll qu'elle avait toujours été.

Une fille très rock and roll avec un énorme diamant au doigt.

Elle jeta un coup d'œil du côté de Will, qui s'affairait auprès de sa valise grise, en métal, apparemment. De nouveau, elle regarda son doigt. Le solitaire, assorti de diamants baguettes roses, était monté sur un anneau d'or rose et tellement gros que c'en était indécent. Et puis ce n'était pas elle !

Le visage hilare d'Hugo passa devant ses yeux.

« Ma grand-mère l'a laissée pour moi, ce qui a été un sujet de discorde dans la famille, tu t'en doutes. Son intention était que je l'offre à ma fiancée. Je suis désolé.

— Désolé de quoi ?

— Cette bague est ridicule sur toi.

— Merci bien !

— C'est vrai. Regarde tes doigts, ils sont tout petits, tout fins. On a l'impression que tu as une brique sur le dos de la main ! Enlève-la.

— Non. Jamais. Te rappelles-tu la première fois que tu m'as dit que tu m'épouserais ? Moi, je m'en souviens. J'avais quatre ans, et toi, sept. Gentille fille que je suis, je n'ai jamais eu l'intention de te prendre au mot. Mais aujourd'hui tu ne vas pas y échapper. Cette bague est un symbole. »

Avec un soupir, Sadie fit glisser la bague sur son doigt et conclut que, si elle parvenait à l'enlever aussi facilement, c'était le signe que tout cela n'était pas pour elle.

Elle baissa le jogging, prit un des rubans de sa jarretière, y attacha la bague bien serré, puis remonta le pantalon très haut sous son haut et héla Will, qui s'était éloigné.

— Ça y est, je suis prête !

Will s'avança vers elle. Les yeux sombres, il regarda ses vêtements – *les siens* –, ses pieds nus, sa coiffure. Et ne put retenir un sourire.

Son sourire, lumineux comme un rayon de soleil, la fit sourire à son tour. Puis son cœur se mit à battre comme un sourd dans sa poitrine.

— Eh bien quoi ? grogna-t-elle.

Will avança vers l'entrée de La Tulipe.

— Je n'ai rien dit…

Elle empoigna la capuche de son sweat-shirt et la rabattit sur ses cheveux. Là, passant devant lui, la tête haute et le menton pointé, elle lui lança :

— Ça aurait été inutile !

En pénétrant dans l'hôtel, Sadie sentit une sourde angoisse l'envahir. Après tous les efforts qu'elle avait faits pour disparaître, ce n'était pas le moment de se faire remarquer.

Un pas derrière Will, elle osait à peine respirer de peur de se laisser étourdir par l'odeur de son parfum. De sa peau…

À la réception, ils furent accueillis par une jeune femme très souriante.

— Ah ! Enfin des clients ! Je pensais qu'on ne verrait personne de la journée, avec ce mariage. Ils doivent tous être chez eux, devant leur téléviseur, à attendre que ça commence.

Elle se pencha sur son ordinateur. Mal à l'aise, Sadie se fit toute petite derrière Will, un flot d'images défilant dans sa tête. L'avenue menant au palais avec la foule prête à lancer des pétales de fleurs roses sur leur passage. Des drapeaux partout, claquant au vent. Des applaudissements. Des hourras. Les portes de la chapelle Saint-Barnabé grandes ouvertes, telle une bouche prête à les avaler…

— Le prince Alessandro est charmant, poursuivit la jeune fille. Vous ne trouvez pas ? Ces yeux. Cette voix… Il a tout d'un héros de roman sentimental. Quand je pense à celle qui va avoir la chance d'être son héroïne…

Sadie baissa la tête davantage encore et souffla à Will de demander une chambre.

Celui-ci s'éclaircit la voix.

— Nous aimerions une chambre, dit-il.

Voyant que la réceptionniste découvrait sa présence, Sadie rabattit encore plus sa capuche sur sa tête et retint son souffle. Elle allait sûrement la reconnaître.

— Voyons… Franchement, vous avez de la chance, la chambre de la tour vient de se libérer. C'est notre plus belle chambre. Lit à baldaquin, coin-cuisine, balcon avec vue sur le palais. Au loin, bien sûr.

Vue sur le palais ! Non, non, non…

Sans le vouloir, Sadie dut le dire tout haut, car Will répéta.

— Non ?

Elle se mordilla les lèvres.

— Désolée mais, à part cette chambre, nous n'avons rien de disponible, et je crains que vous ne trouviez rien si près du palais. Tout est réservé depuis des semaines… Depuis qu'on connaît la date du mariage, en fait. Alessandro est notre prince chéri. Je peux vous dire qu'il brise bon nombre de cœurs ici, en se mariant.

— Ah oui ? Vraiment ?

Sadie perçut une pointe d'ironie dans la voix de Will. Mais non, ce n'était peut-être que son imagination…

— Cette chambre sera parfaite, ajouta-t-il.

Au silence qui s'ensuivit, Sadie comprit qu'il attendait qu'elle donne son identité et qu'elle paie, évidemment !

Elle écarta sa capuche et lui chuchota à l'oreille qu'elle n'avait pas son argent sur elle.

— Dans votre autre robe ?

— Euh…

En passant la main dans son dos pour prendre son portefeuille, il la toucha. Elle sursauta.

— Que faites-vous ? gronda-t-elle.

— Et vous, qu'est-ce qui vous prend de sursauter comme ça ? Je cherche de l'argent. Il est dans ma poche arrière.

— Oui, oui, bien sûr.

Il sortit une carte de son portefeuille et la posa sur le guichet.

— Docteur William Darcy, annonça-t-il.

Sadie se figea. Non, ce n'était pas possible. Ça ne pouvait pas être *le* Will Darcy, le camarade de classe d'Hugo, la seule personne qu'il avait imposée comme invité à leur mariage lorsqu'ils s'étaient mis d'accord pour une célébration *dans l'intimité.*

— Vous ne m'avez pas indiqué le prix, dit Will, qui tapait déjà son code.

La jeune femme le regarda et, avec un large sourire, annonça un prix exorbitant, digne d'un loft sur la Cinquième Avenue de New York.

— C'est à cause du mariage, expliqua-t-elle.

— Foutu mariage ! grommela Will en reprenant sa carte.

Sadie faillit s'évanouir. C'était comme si la terre s'était ouverte sous ses pieds.

C'était lui. Ça ne pouvait être que lui.

Et il savait. Il savait qui elle était, il savait ce qu'elle avait fait. Elle comprenait mieux, maintenant ! Sa froideur envers elle, son insistance à l'emmener, à l'aider – bien que l'idée d'arriver en retard au mariage lui soit sûrement insupportable.

Quel hypocrite ! Il lui mentait depuis le début.

Mais elle ne valait guère mieux ! Elle aussi mentait depuis le début. Mais *elle* avait une circonstance atténuante. Dans son cas, c'était une question de vie ou de mort. Ou presque. Jadis, on l'aurait lapidée pour avoir osé éconduire un prince. Will, en revanche, n'avait aucune excuse.

— Voilà vos clés, dit la jeune femme.

Vos clés ? Une seule suffit, faillit dire Sadie. Mais déjà Will les avait empochées.

— Je m'appelle Janine. Si vous avez besoin de quoi que

ce soit, n'hésitez pas, je suis là pour ça. J'espère que la suite vous plaira. Les jeunes mariés la réservent pour leur nuit de noces. C'est pour cela qu'elle n'a pas de téléviseur…

Janine se tut, après leur avoir adressé un petit sourire entendu.

Will se tourna vers Sadie.

— Vous êtes prête ?

Relevant crânement la tête, Sadie ouvrit la marche vers l'escalier.

La chambre était luxueuse. Parquet ciré, canapé moelleux, gravures aux murs, et même une cheminée. C'était confortable, plein de charme et terriblement romantique. Et – comble de l'ironie – un lit immense trônait sur une estrade. Un lit digne d'une princesse de conte de fées.

Prise de panique, elle chercha de l'air, se précipita sur le balcon et en inspira une grande bouffée.

Quand elle se fut ressaisie, elle s'intéressa à la vue. Janine avait raison, elle était imprenable. Au premier plan, le village avec ses maisons au toit de chaume, ses rues pavées et des vasques débordant de fleurs roses plantées pour l'occasion. Sur les côtés, des montagnes, hautes mais pas vertigineuses. Au fond, au centre de ce décor de carte postale, perché sur sa colline tel un joyau sur son anneau, se dressait le palais de Vallemont.

Une brise ténue balayait la campagne, faisant flotter les fanions et les drapeaux. Soudain, le drapeau hissé au sommet de la plus haute tour du palais glissa lentement en bas de la hampe.

Si le drapeau hissé signifiait gloire, honneur et joie, le drapeau en berne annonçait un décès dans la famille, une catastrophe dans le pays, un moment d'affliction nationale. Un drame…

La nouvelle était connue, comprit Sadie.

4.

Elle regagna la chambre. Sans se presser.

Quand elle avait quitté New York pour revenir chez elle, elle était dépitée. Elle avait laissé tomber ses amis. Elle ne comptait plus le nombre de fois où elle avait dû raconter son histoire, son rêve perdu, et cette aventure l'avait minée.

Ce qui se passait là était bien pire. Des millions de personnes qu'elle n'avait jamais vues n'allaient pas se priver de lui jeter la pierre.

Elle n'était pas habituée à cela, car elle avait toujours été aimée. Tout le monde à Vallemont connaissait son histoire de petite fille née – littéralement – au bord de la route du palais.

Son père, un homme peu exemplaire, après avoir traîné sa malheureuse petite amie enceinte à travers tout le pays pour échapper à ses créanciers, avait jeté un regard au nouveau-né, puis s'était volatilisé. Par chance, l'épouse du prince régnant, Marguerite, la tante d'Hugo, était passée par là en voiture et les avait trouvées, blotties l'une contre l'autre sur le bas-côté. La princesse les avait emmenées au palais et avait donné du travail à la maman de Sadie, qui, de femme de ménage, était devenue camériste. Sadie avait donc grandi au palais. Bien élevée, elle était devenue la mascotte de tous ses occupants.

À la pensée de toute la haine qu'elle allait déchaîner, elle pâlit et se prit la tête dans les mains.

Au même instant, dans la pièce, quelqu'un s'éclaircit la voix.

Son sauveur se tenait au milieu de la chambre, avec *ses* bagages.

L'unique personne vers laquelle elle pouvait se tourner, l'unique personne sur laquelle elle pouvait se reposer, à qui elle pouvait demander conseil, la regardait avec la chaleur d'un glaçon. Son regard froid, impitoyable, ajoutait à son malaise, et elle se sentait sur le point de craquer.

Bon. Cette situation est impossible. Tout ce que tu peux faire, c'est tenter de la gérer. Mais chaque chose en son temps. Commence par lui.

Lui, c'est-à-dire le Dr Will Darcy.

Vu son âge, il avait dû aller à l'école avec Hugo. Ils avaient la même allure. Cependant, là où Hugo transpirait l'aisance et la classe innées, Will offrait une personnalité d'ours blessé : bourru, imprévisible. Inquiétant, même.

Elle grignota l'un de ses derniers faux ongles. À dire vrai, cela n'avait plus d'importance. À ce stade, seules deux choses comptaient, le remercier et le prier de *la laisser seule* !

Elle s'approcha de la petite table qui se trouvait derrière le canapé, prit un crayon et une feuille à en-tête de l'hôtel.

— Will. Merci. Un immense merci. Vraiment. Vous avez fait beaucoup pour moi. Si vous me laissez vos coordonnées, je saurai où adresser l'argent que je vous dois. L'essence, le lavage de la voiture, le pressing, la note d'hôtel… Bref, tout ce que vous aurez dépensé pour moi.

Debout derrière son dos, il hochait lentement la tête.

— Ce n'est pas nécessaire.

— Si, au contraire. Je déteste être redevable envers qui que ce soit.

— Ah oui ? répliqua-t-il, narquois.

— Parfaitement. Et je vous relève de toutes vos obligations envers moi. Au demeurant, je ne vous ai rien demandé.

Will changea d'expression. Il posa le plus petit sac sur le canapé, ôta ses chaussures pleines de boue, qu'il alla déposer à l'entrée, puis revint dans le coin-cuisine.

— J'ai soif, dit-il. Et vous ?

Elle lui expliqua qu'elle était fatiguée.

— Dès que vous serez parti, je prendrai un bain. Ça me fera du bien.

Il prit de l'eau au robinet et se tourna vers elle.

— Mais je ne pars pas encore. J'aimerais récupérer mon jogging.

Il avait un drôle de petit sourire au coin des lèvres. Un sourire agaçant. Il était agaçant.

— Votre jogging ? Oh ! bien sûr.

Elle avait complètement oublié. Qu'est-ce qui lui arrivait ? Elle ne savait plus ce qu'elle faisait. C'était la faute de cet homme. Chaque geste, chaque mot, tout la troublait au point qu'elle en perdait la tête.

Elle rit. Bêtement.

— Je ne sais pas à quoi je pense. Je vais vous le rendre et vous pourrez partir. Excusez-moi !

Elle se retourna. Il y avait des portes près du lit. L'une donnait sur une salle de bains, jolie, avec une baignoire de la taille d'une auto. Il devait falloir des heures pour la remplir. L'autre était un placard garni d'un peignoir rose et de pantoufles à pompon.

Quand elle se retourna, Will était parti s'asseoir au salon. Il semblait se sentir chez lui.

Pensant au bain qu'elle allait prendre, elle lui lança :

— Donnez-moi dix minutes !

Et elle disparut dans la salle de bains.

Elle ôta les vêtements de Will, puis ses dessous et sentit quelque chose sur sa cuisse.

Mon Dieu ! La jarretière !

Heureusement, la bague y était toujours attachée. La bague de la grand-mère d'Hugo. Ce bijou faisait partie de la collection de la couronne, et ne lui appartenait plus.

À vrai dire, il ne lui avait jamais appartenu.

Elle fit glisser la jarretière le long de sa jambe, l'enleva et la posa sur le lavabo. Puis elle ôta ses bas déchirés et pleins de boue. Elle fit ensuite couler son bain, y versa le flacon de savon liquide, jusqu'à la dernière goutte, et resta à contempler la mousse à la surface de l'eau tandis que la pièce s'emplissait de vapeur.

— Zut, ça va déborder !

L'eau produisant son effet apaisant, elle commença à se détendre. Il ne lui restait plus qu'à imaginer le moyen le plus simple de régler le problème auquel elle était confrontée : faire déguerpir le Dr Will Darcy au plus vite.

Will se cala au fond du canapé, consulta sa montre et songea une nouvelle fois à son programme de la journée. Il n'avait pas abandonné l'idée de prendre le dernier vol pour rentrer chez lui. Le soleil déclinant traçait des lignes de lumière sur le parquet ciré. Cette image en ravivant une autre, il se rappela une petite maison en pierres, douillette, accueillante, avec une cheminée et des tapis sur le plancher. La maison familiale – la sienne et celle de Claire – avant le décès de leurs parents. Sa grand-mère avait insisté pour qu'il s'y installe, mais cela avait été impossible. Il ne pouvait plus vivre là.

Les lieux renferment des souvenirs, et les souvenirs

ont la mémoire dure. Peut-être était-ce dû à la charge émotionnelle des événements qui s'y étaient déroulés ? Peut-être aussi au fait qu'il pensait trop à Claire ?

Il se passa les mains sur le visage et prit son téléphone.

Texto bref à destination d'Hugo pour lui indiquer où ils étaient.

Et, deux secondes plus tard, la réponse.

Bien joué !

Comme s'il savait qu'avec Sadie ça pouvait mal se passer.

Pour se changer les idées, Will composa un autre numéro.

— Natalie. Comment allez-vous ?

— Débordée. Je ne touche pas terre.

— Ravi de l'entendre.

Son assistante rit. Un rire joyeux venu de l'autre bout du monde.

Natalie travaillait avec lui depuis sept ans, depuis que la maison d'édition qui avait publié son premier livre lui avait confié son CV. La trouvant sérieuse, intelligente et cultivée, Will lui avait offert un poste d'assistante auprès de lui. Elle avait sauté sur la proposition. Ils ne s'étaient jamais rencontrés, ne travaillant qu'en ligne ou au téléphone. De cette façon, pas de temps perdu en bavardages inutiles. Rien que de l'efficacité. Elle gérait ses rendez-vous, organisait ses déplacements, faisait office d'interface entre lui et les chargés d'affaires, les clients, les entreprises, les institutions, les conglomérats et autres gouvernements du monde entier. Le tout, à partir de chez elle, dans le Midwest ! Un exploit.

— Garry me harcèle, reprit Natalie. Il veut à tout prix vous voir.

Le chargé d'affaires de Will devait vouloir parler de son avenir dans la société. Il vieillissait et était fatigué. Il était sans doute temps pour lui de prendre un autre poste.

— Quand revenez-vous ?

Chez lui ? Où ? Natalie savait qu'il avait des appartements partout. À Londres, bien sûr, mais aussi au Nouveau-Mexique, en Suède, au Chili et dans d'autres pays encore, où il ne séjournait jamais bien longtemps. Ce qu'elle voulait savoir, c'était quand il reviendrait au bureau.

— De nouveaux dossiers, Natalie ?

Elle énuméra la liste des rendez-vous à venir. Un emploi du temps chargé l'attendait. Exactement ce qu'il aimait.

Pas de famille, pas d'obligations, son métier était toute sa vie. Partagé entre le travail au labo, l'œil dans un télescope, et les cours dispensés à des étudiants avides de partager son savoir, il n'avait jamais été aussi occupé.

Les rares fois où il lâchait prise et faisait un break, il avait l'impression de brasser du vide, de « se laisser porter comme l'avaient fait ses parents », n'avait cessé de lui répéter sa grand-mère.

— On vous demande aussi pour un talk-show à Los Angeles. Et dans une université, près de Cannes, en France. Encore une chose…

Il ne voyait pas son assistante mais il aurait juré qu'elle riait.

— La Bourse Templeton.

Will se tapa sur la cuisse.

— Enfin ! Ils ont mis le temps. Quoi qu'il arrive, je serai là.

Le Pr Templeton était l'homme qui avait donné la première conférence à laquelle Will avait assisté. Hélas, il n'était plus de ce monde depuis quelques mois.

Destinée à la recherche, la bourse qu'il avait fondée était menacée d'extinction. Pour Will, c'était inacceptable. Il avait lancé une pétition pour exiger du Parlement non seulement qu'il poursuive l'action mais qu'il la baptise, dorénavant, « Bourse Templeton ». Sans succès pour l'instant. Le nouveau Premier ministre, un scientifique bon et intelligent, était son dernier espoir.

— Je m'en doute, dit Natalie.

S'il prenait le premier vol du matin, il pourrait participer à la première réunion de la matinée et honorer ses autres engagements de la journée, en homme infatigable qu'il était.

— Autre chose, patron ?

— Dites à Garry que je le verrai bientôt.

— Entendu.

Un silence, puis :

— C'est vrai, ce qu'on raconte ?

— Quoi donc ?

— Que le prince ne se marie plus… pour l'instant.

Elle avait baissé la voix et parlait maintenant sur le ton de la confidence.

— On ne parle plus que de ça. Apparemment, la future mariée a changé d'amoureux.

— Ah bon ?

Will regarda du côté de la salle de bains. L'eau ne coulait plus. Il écouta et entendit un clapotement. Elle avait dû plonger son pied couvert de boue dans l'eau.

Imaginant son pied, son mollet, sa cuisse et…, il hocha la tête.

Natalie finit par le sortir de son fantasme.

— Elle avait l'air tellement gentille, pourtant. Et drôle. Et sympathique. Quelqu'un qu'on aimerait avoir comme amie. Vous en pensiez quoi, vous ? Avant qu'elle s'enfuie, évidemment. Était-elle aussi charmante que dans les magazines ?

Ne souhaitant pas s'engager sur ce terrain-là, Will garda le silence.

— OK, patron, si vous ne dites rien, c'est qu'elle n'est

pas si sympathique que ça. Le prince vous a dit quelque chose ? Perso, je pense qu'une fille normale n'épouse pas un prince.

— Peut-être, Natalie. Vous avez sans doute raison. Mais revenons à nos moutons.

— C'est tout. Je crois que je vous ai tout dit.

Silence au bout du fil. Elle avait raccroché.

Si, au fin fond de sa province, Natalie était au courant, c'est que la nouvelle s'était répandue comme une traînée de poudre. Il n'était plus seulement question de garder un œil sur Sadie le temps qu'on vienne la chercher, mais aussi de veiller sur sa sécurité.

Ce qu'il avait été incapable de faire pour Claire.

Le cœur serré, il porta la main à sa gorge et dénoua sa cravate, qu'il posa sur son sac.

Il n'était pas fait pour ça. Toute cette agitation, ces rumeurs, c'était trop d'émotions pour lui. Il aimait les défis. Ceux qu'il se posait. Pas ceux qu'on lui imposait. *Partage, solidarité,* ces deux notions à la mode, il les laissait aux autres. Sauf qu'aujourd'hui…

Ironie de la vie, lui qui pensait devoir se battre, aujourd'hui, contre le souvenir de Claire, un autre combat l'attendait : Sadie. Dans le fond, tout était imbriqué. Les choix, les décisions, les réactions, les répercussions. Les conséquences…

La porte de la salle de bains s'ouvrit. Il se leva, la vit. Elle n'avait plus ni son jogging beaucoup trop grand pour elle, ni son méli-mélo de boucles, ni son maquillage que les larmes avaient fait baver.

Ses cheveux mouillés étaient longs et raides. Ses joues, toutes roses à cause de la chaleur de la salle de bains, étaient piquées de taches de rousseur. Sans son khôl noir, ses yeux semblaient encore plus grands. Bleu ciel, pensa-t-il. Drapée dans un déshabillé trop grand pour elle, elle paraissait plus fine, plus gracieuse. Plus adorable.

Le fait de la voir ainsi lui fit un drôle d'effet. Un effet dérangeant, quelque chose qu'il n'avait jamais connu auparavant.

Elle fronça les sourcils et se passa machinalement la main dans les cheveux. Prenant conscience qu'il la dévisageait, il lui posa la seule question qui lui venait à l'esprit :

— Ça va mieux ?

— Beaucoup mieux. Je me demandais si vous seriez toujours là quand j'aurais fini.

— Évidemment, je ne pars pas sans mon jogging.

— Bien sûr !

De toute évidence, elle avait oublié qu'elle avait ses vêtements. Passant devant lui, elle alla les chercher et les lui rendit en s'arrangeant pour ne pas le toucher.

Il les jeta sur son sac.

— Maintenant que vous les avez, il ne vous reste qu'à...

Les mains dans les poches, il réfléchit très vite. Comment la convaincre de le laisser rester sans provoquer un tsunami ? Sans lui donner une raison de se sauver ?

— Will...

— Oui, Sadie.

Elle le regardait, l'air moqueur, et soudain éclata de rire.

— Je voulais faire durer le plaisir. Vous faire mariner. Mais, vu les efforts que vous faites pour me cacher la vérité, j'ai pitié de vous. J'ai vu votre carte de crédit, en bas. Vous êtes Will Darcy. Vous alliez au mariage au palais car le prince Alessandro, en personne, vous avait invité.

Will aurait dû être préparé à cette éventualité. En tant que scientifique, il savait que l'on ne peut pas tout contrôler. Que l'univers est chaotique. Qu'un grand nombre de facteurs peuvent changer l'ordre des choses. Et que, faire des projections précises et en tirer des conclusions définitives, c'est à peu près impossible.

Malgré cela, il fut pris au dépourvu.

— Vous n'allez pas dire le contraire, tout de même ? ajouta-t-elle le regardant droit dans les yeux.

Il hocha la tête. *Non.*

Comme si elle espérait une autre réponse, elle se tassa, déçue, sur le bras du fauteuil.

— Question suivante... Je connais la réponse, mais je veux vous l'entendre dire : savez-vous qui je suis ?

Il croisa les bras, semblant réfléchir à la réponse à lui faire. Lui mentir ou dire vrai ? En homme de science, il ne se posa pas la question. La réponse allait de soi.

— Vous étiez la fiancée d'Hugo. À l'heure qu'il est, vous êtes sa future épouse en... cavale.

Elle écarquilla les yeux.

— Comment le savez-vous ?

— La robe, les larmes, votre entêtement à vouloir vous éloigner coûte que coûte du palais. Mais c'est surtout votre bague qui a tout déclenché. Je l'avais déjà vue. Nous étions étudiants quand sa grand-mère la lui a donnée. Ensuite...

— La suite, je la connais. Son père, le prince Karl, s'est tué dans un accident de voiture, poursuivit-elle sans ciller.

Mon Dieu ! Qu'elle était dure ! Bien plus dure qu'elle n'en avait l'air.

Elle bougea. Son peignoir s'entrouvrit, dévoilant ses chevilles, puis ses genoux, et finalement toute une jambe. Longue et fine. Sadie avait un bleu sur la cuisse. Sans laisser le temps à Will de regarder, elle passa la main à l'intérieur du peignoir et fit glisser la jarretière rose – qu'elle avait remise sur sa cuisse – le long de sa jambe. Conscient que ce geste était normalement réservé au marié, Will se détourna, troublé, et s'efforça de penser à autre chose.

La jarretière serrée dans son poing, elle prit sa respiration et ouvrit la main. Attachée par un bout de ruban rose, la bague apparut.

Le diamant de la couronne de Vallemont.

Elle lui tendit alors son autre main et dit :

— Mercedes Gray Leonine. Ravie de vous rencontrer.

— Will Darcy, répondit-il en lui serrant la main. Heureux de vous connaître.

Elle trouva sa voix étrangement rauque mais ne s'en formalisa pas. Et remit sa jarretière en place.

— Heureux ? Vraiment ? Je ne vous crois pas.

Il ne cilla pas.

— Je suis prof d'art dramatique. Enfin… j'étais. Le langage du corps, les contorsions, les faux-semblants, tout ça, je connais. J'ai bien vu que vous préféreriez être ailleurs.

Sarcastique, elle haussa les épaules.

— Si ça peut vous rassurer, moi aussi, j'aimerais autant ne pas être là.

Cela ne le rassura pas du tout. Au contraire. Il n'allait sûrement pas se ranger de son côté. Ni la plaindre. Il voulait juste l'empêcher de se sauver encore une fois et la ramener, entière, à Hugo. Et, ensuite, s'en aller.

Elle se raidit, plissa les yeux. Son regard se durcit.

— Hugo ne m'avait jamais parlé de vous, vous savez.

Il serra les bras plus fort. Elle le remarqua et sourit en coin.

— Et brusquement, avec ce mariage, l'ami qu'il n'a pas vu depuis des lustres tombe du ciel ! Je sais que vous étiez brouillés mais j'ignore pourquoi. Il n'a jamais voulu me le dire.

Elle agita la main comme si cela n'avait pas d'importance et regarda ses orteils. Sur ses ongles étaient peints des petits animaux, pas du tout conformes à ce que l'on peut attendre d'une future princesse. Était-ce déjà une forme de rébellion envers le palais ?

— Vous me voyiez comment ?

— Je ne vous imaginais pas du tout.

C'était vrai. Il n'avait rien cherché à savoir d'elle. Il n'était pas masochiste.

Imitant son geste de défense, elle croisa les bras, elle aussi.

— Vraiment ? Vous êtes moins curieux que moi. Et maintenant ? Vous pensiez qu'Hugo épouserait un jour une fille comme moi ?

Il se passa la main dans les cheveux. Un enfer. Pire que du masochisme. Une torture.

— Peu importe, dit-elle. On s'en fiche.

Elle hocha la tête.

— Cartes sur table, maintenant. Que fait-on ? À quoi jouez-vous ? Je sais qu'il s'est passé quelque chose entre Hugo et vous. Un truc regrettable. Si vous n'avez rien à vous reprocher et que votre intention est de l'humilier, je passe mon tour et…

Il ne la laissa pas poursuivre.

— J'estime qu'il a été assez humilié comme ça pour la journée, lança-t-il sèchement.

— Pourquoi dites-vous ça ? Vous lui avez parlé ? Comment va-t-il ? Sait-il que nous sommes ici ?

Will sortit son téléphone de sa poche.

— Appelez-le et demandez-le-lui vous-même.

Elle décroisa les bras, se leva et prit le portable que Will lui tendait. Leurs doigts se touchèrent. Petite décharge d'électricité. Elle leva les yeux vers lui. Il l'avait sentie, lui aussi.

— Vous croyez ? Je veux dire… vous croyez qu'il décrochera ?

Sa voix tremblait un peu.

— Essayez, répondit-il. Vous verrez bien.

Elle opina, s'éloigna et, brusquement, fit demi-tour.

— Vous savez, ne pas me marier n'est pas une décision que j'ai prise à la légère. D'habitude, je suis quelqu'un de… de… qu'on a tendance à aimer.

— Je m'en doute.

— Vous mentez.

Sur ces mots, elle partit sur le balcon. Hors de sa vue.

Will se rassit sur le canapé, des semelles de plomb aux pieds, plus fatigué que s'il venait de perdre un combat de boxe.

Elle avait raison. Après ce qu'elle avait fait aujourd'hui à son ancien ami, il ne pourrait pas l'aimer. Jamais. Cela ne l'empêchait pas de reconnaître qu'elle lui faisait un effet incroyable, qu'il n'était pas près d'oublier.

Le portable cessa d[illegible] [illegible]ner. On avait d[illegible]ché.

— Mlle Darcy [illegible] Que se pass[illegible]

5.

Son cœur battait furieusement. Il allait exploser.

Devant elle se dressait le palais, baigné dans la lumière dorée des derniers rayons du soleil.

Derrière elle, de l'autre côté des voilages qui filtraient la lumière de cette fin d'après-midi, il y avait un homme. Il ne la retenait pas prisonnière mais il ne l'aimait pas et le lui faisait sentir.

Elle resserra son déshabillé, s'assit sur une chaise en fer forgé et fixa le téléphone qu'elle avait dans la main. Elle devait appeler le prince, l'ami de Will, l'homme à qui elle venait de faire un affront.

Avant de composer son numéro, elle regarda les montagnes au loin. Une petite brise descendait des sommets enneigés, et dévalait les pentes vers le fond de la vallée pour remonter sur ce versant.

Elle hocha la tête, faisant danser ses cheveux mouillés que le vent balayait.

Et elle tapa le numéro d'Hugo.

La photo de Will et d'Hugo se tenant par le cou s'afficha aussitôt à l'écran. Deux hommes jeunes. Souriants. Insouciants.

Le portable cessa de sonner. On avait décroché.

— Allô, Darcy ? dit Hugo. Que se passe-t-il ?

Sadie l'imagina dans son grand bureau, assis à sa table, les pieds croisés, le menton dans une main.

Elle ferma les yeux et prit sa respiration.

— Hugo…

Sa voix craqua. Elle se gratta la gorge.

— Hugo, c'est moi.

Et elle attendit, redoutant la réponse, comme le jour où elle avait appelé sa mère pour lui annoncer que ça n'avait pas marché à New York et qu'elle revenait à la maison.

L'échec. L'impression de décevoir tous les espoirs. Comme maintenant. Oui, aujourd'hui, c'était le summum de l'échec. Elle savait qu'elle décevait le prince, le pays, tout le monde. Qu'elle les lâchait tous, honteusement. Qu'elle était nulle.

— Leo, dit-il enfin.

Soulagée, elle soupira.

Hugo était le seul à l'appeler par ce petit nom et le fait qu'il l'emploie était de bon augure.

— Comment vas-tu, Hugo ? Tu as trouvé le mot que je t'ai laissé, j'espère ?

— Celui où tu me dis que tu ne veux plus te marier ?

— Oui.

Elle aurait voulu lui dire elle-même qu'elle avait décidé de ne pas se marier, mais pas face à face pour éviter une scène.

Elle avait donc déchiré une page d'un bloc de papier, pris le rouge à lèvres que la maquilleuse avait oublié et écrit quelques mots pour lui faire part de sa « panique devant le mariage ». Elle l'avait confiée à une adorable jeune fille – engagée pour elle comme dame de compagnie ! – avec pour mission de la remettre au prince.

Ceci fait, elle avait enjambé la fenêtre et s'était sauvée en courant.

— La pauvre fille qui me l'a donné était tellement terrifiée qu'avec ses mains moites elle a laissé des traces partout sur la feuille !

Jean qui rit et Jean qui pleure… D'un revers de manche, Sadie essuya une larme sur sa joue.

— Il faudra la récompenser, Hugo. Dis-moi, comment ça se passe là-bas ? Pas trop dingue ?

— Complètement !

Elle laissa échapper un rire nerveux.

— Je m'en doute. Qu'est-ce que…

Il l'interrompit.

— On s'est mis d'accord pour que ce soit tante Marguerite qui fasse l'annonce officielle aux invités. Une phrase. *Le mariage ne sera pas célébré mais le cocktail aura lieu.* Là-dessus, tous ont été invités à passer dans les salons. Le champagne a coulé à flots. La musique aussi. Les portes sont restées fermées à double tour.

— Elle espère que personne ne se souviendra de rien demain matin ?

— Absolument.

Elle reconnut le craquement que faisait son fauteuil quand il bougeait. Oui, il était dans son bureau. Elle aurait aimé y être aussi, allongée sur le canapé, un coussin sous la tête, l'empêchant de travailler en jacassant sur sa dernière pièce ou sur sa série Netflix préférée. Parfois, elle le taquinait à propos des vedettes de cinéma qui en pinçaient pour lui et, pendues à ses lèvres, ne perdaient pas une miette des discours de bienvenue qu'il prononçait chaque fois qu'il recevait une personnalité.

— Ainsi, dit-il, d'une voix sourde, tu as rencontré Darcy ?

Subitement mal à l'aise, elle croisa les pans de son déshabillé. Puis changea de position. Nés à deux ans d'intervalle, à quelques jours près, ils avaient grandi côte à côte. Le prince et la fille de la caméristе. Elle, si jeune qu'elle réussissait à peine à prononcer « Hugo », racontant à qui voulait l'entendre qu'elle se marierait plus tard avec lui.

— Ah ? Tu veux parler de Will. Il est…

Grincheux, pas aimable, énigmatique et boudeur.

— … Il conduit bien.

— Ça se veut aimable ? fit Hugo en ricanant.

— Bien sûr. Je suis l'amabilité faite femme. Tu peux demander à qui tu veux.

Silence sur la ligne.

— Oui… enfin… peut-être… mais pas maintenant.

Ni dans une semaine, ni dans un an, ni dans des milliers d'années…

— Je pense que je ne suis plus en odeur de sainteté. Hugo…

— Leo. Ne t'inquiète pas.

— Mais…

— Non. Je t'assure.

— Ce que j'ai fait – ce que je t'ai fait – est impardonnable. Je n'aurais jamais imaginé commettre un tel acte et je ferai tout ce que je peux pour réparer. Je vais adresser des excuses officielles au palais. Par une pleine page dans le *Vallemont Chronicle*. Je vais faire du porte-à-porte pour expliquer que ma fugue n'a rien à voir avec toi. Que tu es le prince qu'on adore – à raison – et que je ne suis qu'une folle. Tout ce que tu voudras.

— Tout sauf m'épouser.

Elle ouvrit la bouche pour répondre. Lui dire quoi ? Le supplier de lui donner une nouvelle chance ? Lui jurer qu'elle ne recommencerait pas, à condition qu'il soit toujours d'accord. Toujours décidé.

À cet instant, le visage d'Hugo passa devant ses yeux.

Ces grands yeux noirs plongeant dans les siens, curieux de la vérité. De sa vérité. Aussi déplaisante soit-elle.

Sentant les larmes monter, elle renifla.

— Oui, non, je ne sais plus. Enfin, si, tout sauf ça.

Hugo rit. Quel homme merveilleux ! Bon, compréhensif. Il n'y en avait sûrement pas deux comme lui !

Elle s'agita sur son siège.

— Il ne m'aime pas.

— Qui ?

— Lui. Ton copain. Darcy.

— Impossible.

— Si. À cause d'aujourd'hui.

Il y avait autre chose. Quelque chose en elle le dérangeait, le mettait mal à l'aise. L'ennui, c'est qu'il la mettait mal à l'aise, elle aussi.

— Je te connais. Avec toi, les gens se sentent toujours bien. Il finira par t'aimer. Tu réussis toujours.

— De toute façon, dès que je lui aurai rendu son portable, il partira.

— À moins que j'ignore quelque chose… j'aimerais autant qu'il reste.

Se redressant brusquement, elle faillit tomber de sa chaise. Ah non ! Se retrouver coincée dans une chambre d'hôtel avec Will ? Pas question ! Même pas pour l'amadouer.

— Hugo…

— Je me sentirai mieux si je sais que tu n'es pas seule. Au moins jusqu'à ce que je t'envoie quelqu'un.

— Un baby-sitter ? Pour ne pas que je fasse d'autres bêtises ?

— Si tu veux.

Irritée par sa réponse, elle reprit :

— Ce n'est pas un baby-sitter qu'il me faut mais un garde du corps !

Ça avait dû être l'émeute, au palais. Elle avait envie de savoir. Mais Janine leur avait dit qu'il n'y avait pas de téléviseur dans la suite « Lune de miel ». Will accepterait peut-être qu'elle regarde les nouvelles sur son téléphone ?

— Dépêche Prospero, suggéra-t-elle en pensant au colosse qui servait de garde du corps à Hugo.

— Prospero a interdiction de s'éloigner de moi. C'est un décret qui vient d'en haut. Ça ne pourra être que Will.

Contrariée, elle se prit la tête dans les mains.

— Fais-moi plaisir, dit Hugo.

Il n'ajouta pas « tu me dois bien ça », mais elle le lut entre les lignes. Hugo avait du sang bleu dans les veines. Né dans une principauté florissante et bien administrée par des princes qui gouvernaient à long terme, il savait manipuler les gens pour parvenir à ses fins.

Tant pis. Si, pour se racheter, elle devait supporter la présence dérangeante de Will, elle se plierait à sa volonté.

— Qu'est-ce que je dis à Will à propos de cet arrangement ? Comme tu le sais, ce n'est pas un fan !

— Dis-lui que c'est moi qui le lui demande.

— Vraiment ? Je ne le vois pas comme quelqu'un à qui on donne des ordres.

— Dis-lui, c'est tout.

— Et ensuite ?

— Ensuite, j'enverrai quelqu'un te chercher pour te ramener.

La ramener. Au palais ? Découragée, elle poussa un soupir.

— As-tu besoin de quelque chose d'ici là ? ajouta-t-il.

Des vêtements. Un téléphone. De l'argent. Sa mère. De la tendresse. Un nouvel endroit pour vivre où ses étudiants n'auraient pas une opinion désastreuse d'elle. Où les gens qui la connaissaient le mieux comprendraient qu'elle n'avait pas eu le choix. Où le monde entier oublierait son nom…

— Non, ça va.

— Et avec Will ?

— Hmm…

— Sois gentille avec lui. Il est bourru, mais au fond c'est un chic type.

— Ça doit être très, très au fond, alors.

— Excuse-moi… Ne quitte pas. Je te mets en attente une seconde…

Dans le village, en contrebas, tout était calme. Le jour baissait en cette fin d'après-midi d'automne. À travers la balustrade en fer forgé, elle apercevait une guimbarde qui cahotait sur les pavés de la route. Voyant une bande de joyeux drilles sortir d'un pub, elle se baissa de peur d'être vue. Comme s'ils pouvaient la voir !

Et, soudain, l'angoisse de la solitude l'étreignit. Elle inspira trois petites bouffées d'air et réfléchit.

Dans le fond, Hugo, malgré toutes les personnes qu'il avait à ses ordres, était beaucoup plus seul qu'elle. Il l'avait toujours été. Cela venait de son statut, du fait de ne pas savoir si on l'aimait pour lui ou pour ce qu'il représentait. Dorénavant, sans elle à ses côtés, il était à craindre qu'il ne reste seul toute sa vie.

Était-ce pour cette raison qu'elle avait projeté de l'épouser ? Peut-être. En partie. À l'époque, cela lui avait semblé un bon motif.

Après une arrivée dans ce monde sous de beaucoup moins bons auspices, sa vie à elle avait été bénie. Les précepteurs pour son éducation. Des leçons de musique, des cours de danse, d'art dramatique – d'où son goût pour le théâtre, aujourd'hui. Elle avait profité de tout.

Qui méritait une telle chance aujourd'hui ? Vraiment. Sûrement pas elle.

— Excuse-moi, dit Hugo en reprenant la ligne. C'était tante Marguerite.

— Elle regrette de nous avoir sorties, ma mère et moi, du caniveau ! fit-elle en ricanant.

— Elle demande si tu vas bien.

Bien sûr !

— Et que lui as-tu dit ?

— Que, si tu ne vas pas bien aujourd'hui, ça ira mieux bientôt.

Sadie posa les pieds à terre et se leva. Les dalles étaient froides.

— Je dois y aller, dit Hugo.

— Moi aussi, je suis occupée. Pas besoin d'envoyer quelqu'un pour moi. Je suis une grande fille, maintenant.

— Je sais que tu n'as besoin de personne. C'est moi qui y tiens.

Agacée, elle soupira encore.

— Vite, alors.

— Aussi vite que possible. Prends soin de toi.

Et il raccrocha.

Sadie se mit à grelotter. Avec la nuit qui approchait, la température avait baissé. Le bleu du ciel avait pâli. Les montagnes qui entouraient son petit pays disparaissaient peu à peu dans le flou du soir.

Juste avant qu'elle n'entre, une première étoile commença à briller. *Vite, un vœu !* Mais que se souhaiter ?

Haussant les épaules, elle entra. Will était sur le canapé, les jambes croisées ; il se grattait le menton.

— Tout va bien au royaume du Danemark ? demanda-t-il.

Elle écarquilla les yeux. Elle pouvait compter sur un doigt les hommes capables de citer Shakespeare devant elle, ignorant qu'elle était une fervente admiratrice de son œuvre.

Elle lui rendit son téléphone et s'assit sur l'autre canapé.

— La princesse Marguerite reçoit les invités. Elle veut qu'ils passent la soirée de leur vie, de sorte que demain matin ils ne se souviennent plus de rien, que du bon temps qu'ils auront passé.

— Dommage de rater ça ! lança-t-il, ironique.

Elle rit.

— Curieusement, je vous imagine mal faisant la fête. Vous êtes trop coincé pour tout ça.

— Si c'est votre opinion…

Elle ne répondit pas.

— Bien, dit-elle. Même si ça fait XIXe siècle, ou, en tout cas, si nous sommes loin des mouvements féministes actuels, j'ai une demande à vous faire de la part d'Hugo. Il pense que j'ai besoin d'un chaperon ! Ridicule, non ? Bref, seriez-vous disposé à rester avec moi le temps qu'il trouve quelqu'un pour venir me récupérer ?

Il se redressa, regarda l'heure à sa montre, une superbe montre qu'il avait dû payer fort cher.

Allait-il dire non – prétextant son travail, ou une épouse jalouse, ou un enfant malade – et la laisser ici, dans cette suite pour jeunes mariés avec ce lit digne d'une princesse et une vue imprenable sur le palais ?

— Vous savez pour combien de temps ?

— Aucune idée.

— C'est vous qui demandez ça ou Hugo ?

— C'est important ?

Au mouvement de sa tête, elle comprit que oui.

C'était bizarre d'être assise là, non loin de lui, les cheveux défaits, troublée par le regard dur et pourtant chaleureux qu'il portait sur elle, et de se dire que, bien qu'il ne l'aime pas, il était quand même la solution la plus sûre.

Une nouvelle fois, elle s'agita sur son siège.

— Bon, je sais que ce n'est pas drôle pour vous, d'être avec moi, mais dites-vous bien une chose, ce n'est pas drôle pour moi non plus. Je n'ai besoin de personne.

Il ne commenta pas.

— Évidemment, vous ne me connaissez pas. Et vous tombez sur moi à un très mauvais moment. En plus, je suis morte de fatigue. Et j'ai faim. Et je suis coincée dans un hôtel avec un inconnu. Pas idéal pour vous. Ni pour moi. J'ai promis à Hugo d'être sympa avec vous, mais j'ignore combien de temps je vais tenir. En conséquence, restez, ne restez pas, très franchement, je m'en fiche !

Froid comme un serpent, il se décida à parler.

— Vous vous sabordez. C'est une habitude chez vous ?

— Pardon ?

— C'est clair, non ? Je vous connais depuis à peine deux heures et vous avez trouvé le moyen d'éconduire un prince et fait le maximum pour me convaincre de vous laisser tomber.

— Faux !

— Vraiment ? En ce cas, je peux rester. Ça ne vous ennuiera pas ?

Zut, alors !

— Pas du tout.

Elle mentait. Cela l'ennuyait, mais tant pis pour elle, c'était le prix à payer.

— OK, j'y suis, j'y reste, fit-il en ricanant.

Elle se cala au fond du canapé. Ça ne lui plaisait pas mais, au moins, elle avait quelque chose qui ressemblait à un plan devant elle. Même si ce n'était pas le sien. Voyons, honnêtement, en avait-elle seulement un ?

Will ouvrit sa valise et en sortit un ordinateur portable, qu'il ouvrit.

— Maintenant, si vous n'y voyez pas d'inconvénient, je vais travailler.

C'était un scientifique. Que pouvait-il bien avoir à faire loin de son labo ?

Jugeant inutile de perdre du temps à s'interroger, elle préféra fermer les yeux.

Quand elle les rouvrit – cinq secondes… ou cinq minutes plus tard, elle aurait été incapable de le dire –, elle vit un Will qui la dévisageait bizarrement.

À son tour, elle le fixa.

Il baissa les yeux. *Zut !* Son déshabillé s'était ouvert et il devait voir son décolleté. Pas grand-chose, mais…

Voyant qu'elle suivait son regard, il détourna les yeux. Elle resserra son haut. Ses gestes étaient maladroits, son cœur s'emballait. Et elle tremblait.

Il ne l'aimait pas mais il semblait intéressé par elle, intrigué, plutôt. Elle aussi. La force de ses bras, son assurance, l'odeur de son cou, l'intensité de son regard tournaient en boucle dans sa tête, l'empêchant de se détendre. Et, maintenant, ils étaient coincés ici, dans une chambre d'hôtel romantique. Aïe, aïe, aïe… La nuit s'annonçait longue !

Elle s'endormit sur le canapé presque immédiatement.

Quelques heures plus tard, elle était toujours étendue là. Les lèvres entrouvertes, elle respirait calmement. Ses longs cils faisaient de l'ombre sur ses pommettes. Son déshabillé…

Will regarda ailleurs et se frotta les joues. Un geste qu'il n'arrêtait pas de faire depuis ce matin. Un nouveau tic.

Il se reconcentra sur son portable. Internet fonctionnait au ralenti. Consulter l'emploi du temps que lui avait concocté Natalie allait être difficile. Suivre l'atterrissage de Hubble, ce matin, aussi. Quant à son jeu, *La Nébuleuse Orion*, pas question de l'ouvrir, aussi tentant cela soit-il.

Et il était sans nouvelles d'Hugo.

En colère, frustré aussi, il fit des tourniquets avec ses bras avant de se lever pour allumer un feu. Puis il fouilla le coin-cuisine. Trouvant peu de choses dans le bar, il dut se contenter d'un café instantané et d'une barre chocolatée.

Le feu ayant déjà réchauffé la chambre, il ressentit un besoin d'air frais et se rendit sur le balcon avec sa tasse de café. Il en but une gorgée et fit la grimace tant il était amer.

Le village, en contrebas, éclairé par d'antiques lampes à gaz, la pollution lumineuse quasiment nulle, la situation de l'hôtel, au sommet d'une colline, le quartier de lune qui inondait le paysage plongé dans une quasi-obscurité, tout invitait à la rêverie.

Dans un coin du petit balcon, Will cherchait le bon angle pour étudier le ciel. Son télescope, plus petit, plus ancien et moins sophistiqué que celui qu'il avait à Londres, était le dernier cadeau que lui avait fait Claire. Au fil des ans, il l'avait accessoirisé, modernisé, et, déjà beaucoup plus performant aujourd'hui, il lui offrait une image assez satisfaisante du halo gris-vert qui entourait une planète, là-haut, tout là-haut…

Mais ce qu'il espérait voir, surtout – il y en avait des milliards à cette époque de l'année –, c'étaient des étoiles filantes.

Il s'installa sur la chaise en fer forgé, un plaisir qu'il s'accordait rarement désormais, et regarda le ciel à l'œil nu.

Il était tard. Bientôt 1 heure du matin. Le pays était silencieux. Tranquille. Endormi dans le berceau des montagnes dressées autour de lui.

— Will ?

Sa chaise grinça sur le carrelage quand il se leva.

Sadie se tenait dans l'embrasure de la baie vitrée et grignotait des cacahuètes.

— Que faites-vous là ? demanda-t-il, étonné. On gèle. Vous devriez…

— Oh !

Voyant le télescope, elle s'avança sur le balcon.

— Vous avez raison. Il fait froid. Cet appareil était là ?

— Non, il est à moi. C'est ce que je transportais dans ma valise en métal.

— Ah ! Vous l'avez emporté de chez vous ?

— Oui. J'en ai besoin pour mon métier. Hugo ne vous a pas dit ce que je faisais dans la vie ?

— Non. Il m'a surtout parlé de vos années de collège. Il m'a dit comment vous lui avez appris à faire l'école buissonnière, et m'a raconté d'autres anecdotes encore.

Elle regarda l'appareil, puis parcourut le ciel des yeux.

— Vous êtes quoi, en fait ? Astronome ?

Il hocha la tête.

— C'est vrai ?

Elle semblait sidérée.

— C'est cool. Je vous voyais plus dans un métier… euh… comment dire… plus classique. Je ne vous vexe pas, au moins ?

— Pas le moins du monde.

— Les amis d'Hugo travaillent tous dans des entreprises familiales, des fonds d'investissement, ou font de la politique, du droit.

Elle plissa le nez.

— Et pas vous. À moins que l'astronomie ne soit une affaire familiale ?

— Dans ma famille, les affaires consistaient plutôt à gérer au mieux l'argent qui nous venait de nos ancêtres.

— Vous m'intriguez, Will Darcy. Après quoi courez-vous, au juste ?

— Grande question…

Elle désigna le télescope.

— Vous avez une occupation peu commune.

L'heure tardive, la nuit, le noir, le calme, tout donnait envie de poursuivre cette conversation.

Il se passa la main sur le menton. Sa barbe avait poussé. Ce soir, il ne s'était pas rasé. Il y veillerait demain matin.

— Ce télescope n'est pas assez puissant pour entreprendre des recherches sérieuses. Je le prends avec moi par sentimentalisme plus que pour autre chose.

— Vous, sentimental ! Laissez-moi rire !

— Pourquoi pas ? Cet appareil est un cadeau.

Une seconde pour avaler sa salive.

— De ma sœur.

Malgré l'émotion qui lui serrait la gorge, il reprit.

— Qu'aimeriez-vous voir ?

— Moi ? Je suis totalement ignare. Je ne connais rien au ciel, aux astres, aux planètes, aux comètes, aux nébuleuses, à la lune. La terre est le centre de l'univers.

Il fit une moue étrange, puis régla l'oculaire et s'écarta pour permettre à Sadie de regarder.

Resserrant son déshabillé sur sa poitrine, elle s'approcha, s'arrangeant pour que Will recule contre la balustrade pour ne pas l'avoir juste derrière elle.

La main posée sur le tube du télescope, elle se pencha pour voir.

— Will, c'est fantastique… Spectaculaire.

— La Pléiade, dit-il. On l'appelle aussi Les Sept Sœurs. Maïa est la quatrième la plus brillante.

Elle leva la tête pour admirer le ciel.

— Vous pouvez m'en montrer une autre ? Celle que

vous préférez. Une planète qui fait béer d'admiration un homme comme vous.

— Je ne bée jamais d'admiration. Ni devant une étoile ni devant quoi que ce soit.

— Quel dommage de ne jamais vous extasier ! Vous ne regardez peut-être pas assez bien ?

Il tourna la tête. Pas du côté du ciel. Vers elle. Vers son profil. Son déshabillé noué à la va-vite. Ses orteils aux ongles bigarrés. Ses pieds qu'elle recroquevillait parce que les tommettes étaient froides.

Pour la première fois depuis le coup de téléphone de Natalie à propos de l'invitation, il se demanda qui était cette femme qu'Hugo avait voulu épouser.

Comment imaginer le Hugo qu'il connaissait avec cette créature hors normes ?

Il ne le pouvait pas.

Comment son ami avait-il pu choisir une femme qui n'était à ce point pas faite pour lui ?

Il se gratta la gorge. Rien n'était prédestiné, dans ce monde. Rien n'était éternel. Les planètes se heurtaient, le soleil faiblissait, les mondes se détruisaient eux-mêmes, implosaient. L'univers était fait de hasards. Penser autrement était fou.

— Pardon…

D'un léger coup de hanche, il la poussa sur le côté pour ajuster le tube du télescope sur une cible précise.

— Dois-je me préparer à quelque chose de sublime ? demanda-t-elle en reprenant sa place.

Son déshabillé qui bâillait frôla le bras de Will, qui se passa la main dans les cheveux pour chasser son trouble.

— Je regarde quoi, maintenant ? murmura-t-elle.

— Orion. Une nébuleuse dans la Voie lactée, à mille

cinq cents années-lumière de nous, des milliers et des milliers d'étoiles. C'est la zone la plus proche de la Terre.

Sadie recula. Regarda le ciel pendant un long moment. Puis elle dit d'une voix rauque :

— C'est tellement beau que je ne trouve pas les mots. Mais en même temps c'est vide.

Elle se tourna vers lui, leurs regards se soudèrent. Un souffle de vent les effleura. Un courant passa. Will, en homme de science, attribua ce phénomène à une question de physique.

— Les gens parlent de réaction chimique entre deux individus quand ils sont attirés l'un par l'autre, expliqua-t-il. Pour moi, il ne s'agit pas de chimie mais de physique. C'est une question de gravité. Comme pour les planètes. Les planètes qui ont une gravité importante attirent les météores dont la gravité est moins dense et les détruisent.

Dépassée, elle écarquilla les yeux et regarda de nouveau le ciel.

— Oh ! Vous avez vu ? Regardez… Là… Là…

Will leva les yeux. Une deuxième étoile filante traversa le ciel. Et disparut.

— Elle va se désintégrer et se fondre dans la masse des poussières de l'espace.

L'attirance n'était donc qu'une question de gravité. De pesanteur. L'attraction…

Elle allait y réfléchir.

6.

Sadie se réveilla en sursaut.

Il était très tôt, l'heure des cauchemars, des idées noires… Elle était en nage, les jambes prises dans des draps qu'elle ne connaissait pas. Sa chemise de nuit était remontée très haut sur ses cuisses.

Elle gigota et donna des coups de pied dans les couvertures pour dégager ses jambes. Elle avait une montagne d'oreillers sous la tête.

Elle regarda autour d'elle. Des tisons craquaient dans la cheminée, diffusant une très faible lumière dans la pièce, suffisante pour qu'elle devine l'homme allongé sur le canapé.

Elle ne voyait pas les détails, juste un bras qui pendait et des doigts qui frottaient par terre. Un pied reposait sur le bras du canapé.

C'était plus qu'assez. Elle détourna les yeux. Au loin se dressait le palais. Son lit, ses oreillers, son chez-elle. Hugo avait-il réussi à s'endormir ou était-il encore debout à se lamenter sur ce qu'aurait pu être leur avenir ou, au contraire, soulagé d'être libre ?

Elle se rallongea et remonta drap et couverture sur son nez avec l'espoir de replonger dans son rêve. Peine perdue.

Elle releva la tête pour s'assurer que Will dormait toujours. Son bras bougea, se leva puis retomba.

Qu'importe. Qu'il dorme ou pas, dès qu'Hugo aurait

envoyé quelqu'un la chercher, il y avait peu de chances qu'elle revoie Will un jour.

Elle ne savait toujours pas – l'occasion ne s'était pas présentée – pourquoi Will et Hugo, qui étaient grands amis, avaient pris leurs distances l'un vis-à-vis de l'autre. Ils avaient pourtant une grande estime réciproque. Il devait y avoir une sérieuse raison. Une bagarre ? Une trahison ? Un mensonge grave ?

Elle haussa les épaules. Peut-être avait-elle lu Macbeth trop souvent et voyait-elle le drame partout ? Dorénavant, elle allait mettre de côté les œuvres de Shakespeare, son dramaturge préféré.

N'empêche, il avait *vraiment* dû se passer quelque chose. Les hommes n'agissaient pas ainsi sans motif.

Son père, le premier. Il avait pris ombrage du fait que sa mère avait osé aimer son enfant autant que lui. Péché capital. Il était parti pour ne jamais revenir.

Il y avait eu, ensuite, son professeur d'art dramatique à New York. Un homme d'un certain âge, qui avait un faux air de Paul Newman. Plus qu'un prof, il était devenu son mentor. L'expérience avait duré deux ans, deux ans et une foule de succès au bout desquels il s'était autoproclamé son agent. Ce n'était pas un bon agent, mais le fait qu'il voie « quelque chose » en elle lui avait suffi. Jusqu'au jour où il lui avait offert un rôle, pas le rôle principal, dans le film X qu'il produisait. Elle avait refusé. Il l'avait alors jetée dehors, sans abri, sans ressources, sans rien sauf une certitude : il était grand temps qu'elle revienne chez elle.

Elle avait aussi vu Hugo se montrer intraitable si l'on s'en prenait à elle. C'était peut-être même la raison qui l'avait poussé à la demander en mariage.

Les paroles de Will l'accusant de vouloir se saborder lui trottaient dans la tête sans qu'elle parvienne à les chasser.

Elle avait entendu dire des hommes qu'ils étaient le sexe rationnel. Compte tenu de son expérience, elle estimait que, bien plus que les femmes, ils décidaient en fonction de leurs émotions plutôt qu'en suivant la logique.

Compte tenu de ce qu'elle avait vu de Will Darcy, il était comme les autres.

Désormais plus éveillée qu'endormie, elle resta tout de même au lit, sans bouger, les yeux fermés. Respirant sans faire de bruit, elle se demanda si Will rêvait. Si oui, de quoi ? De comètes et de petits hommes verts ? Ou, comme un homme lambda, d'avenir, d'espoirs, de désirs…

À force qu'elle imagine les rêves de Will, les siens revinrent au galop, filant comme les étoiles dans un ciel encombré de planètes, un énorme soleil, chaud et aveuglant, crevant son bleu profond, et des comètes comme des éclairs zébrant l'infini. Mais elle ne tombait pas. On la tenait. On la protégeait. Deux bras chauds et forts l'entouraient et on lui montrait la lune et les étoiles.

Elle attrapa un oreiller et le plaqua sur sa tête.

Will se réveilla fourbu. Comme si un rouleau compresseur lui avait roulé sur le corps.

Chaque muscle, chaque articulation, tous ses os lui faisaient mal. Il se frotta le visage vigoureusement comme si ce geste allait suffire à tout remettre en place.

Il alluma son téléphone. Il était 7 heures passées. Onze messages lui étaient arrivés pendant la nuit. Il les écouta, en prit note mentalement et expliqua en quelques lignes à Natalie comment les traiter.

Elle ne lui avait pas encore indiqué l'heure du rendez-vous avec le Premier ministre au sujet de la Fondation Templeton. « C'est la priorité », écrivit-il.

Quand il avait appris que la Fondation était en danger,

il avait éprouvé un besoin quasi viscéral d'intervenir et d'user et d'abuser de tout son pouvoir pour qu'elle survive.

Car la patience du Pr Templeton l'avait aidé quand tout partait à vau-l'eau dans sa vie. Il était donc normal qu'il s'assure que les futures générations d'étudiants aient la chance de suivre leur voie, comme lui l'avait eue à l'époque.

Il avait étudié l'astronomie, travaillé sur des projets ambitieux, réussi ses concours. Il avait bossé nuit et jour, l'œil vissé sur le télescope pour obtenir les données que ses travaux exigeaient. Il avait remporté la bourse Templeton pour son étude sur la nébuleuse d'Orion. Cet argent lui avait ouvert les portes de l'université, permis de gagner son indépendance financière et de s'imposer aux yeux de ses grands-parents. Il n'était ni paresseux ni incapable. C'était même un accro au travail doté d'un haut potentiel intellectuel. Quoi qu'ils en pensent.

Claire en aurait fait autant si elle avait eu cette chance. Will n'avait d'autre choix que de saisir toutes les occasions qu'elle n'avait jamais eues.

Garder un œil sur Sadie l'avait détourné de ses occupations. Malgré tout, après une longue hésitation, il adressa un nouveau message à Natalie pour lui demander d'annuler, ou de déplacer – avec les excuses de circonstance –, les rendez-vous qu'il avait dans les prochaines vingt-quatre heures. Et de laisser le jour suivant en stand-by. Il jeta son portable dans son sac en cuir et se leva. Il s'étira, puis fit craquer son cou.

Le soleil encore pâle filtrait à travers les rideaux. Sadie dormait profondément. Il devinait ses formes sous la couverture. Il avait faim. Son estomac gargouillait. Si Hugo n'arrivait pas rapidement, il serait obligé de sortir acheter de quoi manger.

Mais, pour commencer, direction la salle de bains !

Il prit son sac de cuir et s'y dirigea. En passant près du lit, il vit que Sadie dormait à plat ventre, un pied dehors, le corps enroulé dans le drap défait. Ses cheveux, qu'elle avait lâchés, dessinaient une corolle sur l'oreiller blanc. Une tablette de chocolat entamée gisait sur la table de nuit. Son déshabillé était abandonné à terre, ce qui voulait dire que sous le drap…

Il détourna le regard et entra dans la salle de bains, où il s'enferma. Deux minutes plus tard, tout nu, il était sous la douche. Alors, comme il le faisait toujours quand il était sous l'eau, il ferma les yeux et laissa son esprit divaguer…

Ce n'était pas étonnant, que ses théories les plus abouties naissent et se développent quand il prenait sa douche. N'ayant aucun souci, aucune réelle préoccupation autre que ses recherches, il pouvait laisser libre cours à ses fantasmes astronomiques, faire les calculs les plus fous, relier des éléments entre eux, au hasard, et imaginer les graphiques en trois dimensions pour son jeu de réalité virtuelle, *La Nébuleuse Orion*, sur lequel son équipe, à Oxford, planchait jour et nuit.

Mais, ce matin, son cerveau était accaparé par l'image des cheveux roux et soyeux de Sadie, et de sa peau douce et de ses yeux si profonds qu'ils semblaient insondables.

Serrant les dents, il se ressaisit bien vite. Qu'avait-il à l'ordre du jour ? Une analyse pointue. Comme il le faisait toujours, il commença par les données connues, par le factuel.

Fait numéro un : il avait été sur les nerfs pendant des jours, des semaines, même. Sachant qu'il allait revoir Hugo, devoir assumer sa part de responsabilité dans l'échec de leur amitié, sachant que voir quelqu'un d'autre prendre la place de sa sœur aux côtés de son ami serait difficile. Pire, au-dessus de ses forces. Il ne le supporterait pas.

Fait numéro deux : le stress déclenchait des décharges d'adrénaline, réponse humaine naturelle à une accumulation exceptionnelle de stimuli. Une disposition naturelle à se battre et s'enfuir conduisait à amplifier le ressenti. Lequel, lui-même, induisait une réponse physique naturelle adressée à la femme attirante avec laquelle il partageait une chambre d'hôtel.

Fait numéro trois : très clairement, il n'était pas le seul à souffrir d'une réponse humaine naturelle.

La soirée de la veille, sur le balcon, lui revint en mémoire. L'énergie de Sadie ajoutée à la sienne, les étoiles dans ses yeux. La pesanteur, l'attraction, l'entêtant pouvoir d'une curiosité réciproque, l'excitation de la découverte… Tous ces éléments les rapprochaient inéluctablement.

Cependant, il n'était pas attiré par hasard par la mariée en fuite que devait épouser son ancien ami. C'était purement scientifique.

Il ferma le robinet d'eau chaude et, la tête sous le pommeau, fit couler l'eau froide jusqu'à ce qu'elle brûle.

Une fois bien puni, il coupa l'eau et secoua la tête pour se débarrasser des gouttes froides. Il s'immobilisa. Il avait entendu du bruit. On frappait ?

Hugo ?

Il prit le drap de bain sur le porte-serviettes le plus proche, celui de Sadie, et, tout en tendant l'oreille, s'essuya. Pas un bruit dans la chambre.

— Sadie ?

Pas de réponse.

Brusquement, la porte d'entrée s'ouvrit. Claqua.

— Bon sang ! Sadie !

Et impossible de se sécher, le drap de bain était déjà trempé et il sentait le chèvrefeuille, comme Sadie.

— Saaadiiiee !

Cette fois, la porte de la salle de bains s'ouvrit et, tel un boulet de canon, Sadie surgit.

— Quoi ? Qu'est-ce qui se passe ? Ça ne va pas ?

Elle avait les cheveux ramenés sur un côté de la tête et comme une ride sur la joue, la marque de son oreiller. Grâce au ciel, elle portait son déshabillé, mal fermé, qui tombait sur son épaule gauche et qu'elle remontait machinalement toutes les deux secondes.

— J'ai cru que vous étiez tombé ou… autre chose.

Se rendant compte subitement qu'il était nu ou presque, elle resta interdite. Et muette.

Devant son regard stupéfait, Will ne bougea plus. Il sentait l'eau qui dégoulinait de ses cheveux sur ses épaules. Sa peau, hypersensible, le démangeait. Malgré la chaleur qui régnait dans la pièce, il trembla. Sentant son excitation se manifester, il resserra la serviette autour de ses hanches et dit :

— Sadie…

Elle battit des cils. Lentement. Puis déglutit. Non sans effort. Elle inspira une longue bouffée d'air puis son regard se posa sur…

— Qu'est-ce que ? Mais…

Elle s'approcha de lui, à tel point qu'il vit la gêne dans ses yeux, et les taches de rousseur sur sa joue droite, qui semblaient plus foncées qu'auparavant. Elle se trouvait si près qu'elle aurait pu le toucher en avançant le bras.

Justement, elle approchait un doigt de sa poitrine. Il serra les dents. À quoi jouait-elle, au juste ?

— C'est un bleu ? demanda-t-elle.

Il regarda. Effectivement, il avait une marque sous un sein. Il la caressa du bout d'un doigt. Réfléchit.

— Ah oui ! Ça doit être quand j'ai freiné à mort, dit-il. La ceinture de sécurité. Elle a fait son boulot.

Elle leva les yeux et capta son regard. Toujours aussi profond. Troublant d'intensité.

— C'est quand vous avez freiné pour m'éviter ? Ça vous fait mal ?

Elle leva la main et, cette fois, il crut vraiment qu'elle allait le toucher. Alors il lui saisit le poignet. Celui-ci était menu. Son sang cognait si fort qu'il aurait pu compter les battements. Mais peut-être était-ce le pouls qui battait dans ses propres doigts ?

Elle avait les pupilles dilatées et très noires, les joues roses et le souffle court.

— Tout va bien.

Il serra sa main contre lui avant de la lâcher puis fouilla dans son sac.

— Qui frappait à la porte ?

— À la porte ?

— Oui, je vous ai appelée parce que j'entendais frapper.

— Ah oui ! J'ai pensé que c'était Hugo. Mais non. Dommage. En revanche, j'ai trouvé un panier sur les marches, décoré de petits cœurs avec des flèches… Pour la suite « Lune de miel ».

Will serra les anses de son sac. Ce panier tombait bien.

— Formidable, dit-il. Parce que je meurs de faim.

Il ne pouvait pas vivre le ventre vide, surtout avec les émotions qu'il vivait et qui, chaque fois, libéraient une bonne dose d'adrénaline dans son sang. Une grande assiette roborative lui remettrait le corps et les idées d'aplomb.

Oubliant qu'il avait *vraiment* faim, Sadie se lança dans une énumération sans fin.

— Il contient du champagne, des fraises, du chocolat, des amandes, du gingembre local. Quelques crackers et des chips. Et même un pot de miel. Moi, ce sera gingembre.

— Régalez-vous ! lança-t-il, effrayé à la pensée de tous ces aphrodisiaques. Pour moi, ce sera *pas de sucré.*

Il la regarda et faillit lui poser la question qui lui brûlait la langue : « Pourquoi me regardez-vous comme ça ? » Mais il se tut.

Depuis le début de cette escapade, il était sur la défensive. Il n'aimait pas cet état, n'y était pas habitué.

Cela suffit, maintenant !

Il était temps qu'il se reprenne en main. Qu'il agisse.

Il attrapa son sac. En sortit le jogging qu'elle avait porté la veille et le lui lança d'un geste décidé. Elle le rattrapa au vol.

— C'est pour quoi ?

— Mettez-le. Ce sera plus chaud que ce que vous avez sur le dos. Vous voyez bien qu'il fait gris dehors.

— Ah, merci. C'est gentil.

C'était totalement intéressé !

— Y avait-il d'autres choses ?

— Non, mais… je me demandais ce que la bonne fée mettrait dans son panier la prochaine fois. Une collection de poèmes ? Des huiles de massage ? Il n'y a pas de téléviseur, donc ça ne pourra pas être…

— Sadie.

— Oui, Will.

— Sortez.

— Oui, Will.

Elle tourna les talons et sortit de la chambre en claquant la porte derrière elle.

Resté seul, il s'habilla d'un jean et d'un pull en cachemire, les seuls vêtements propres qu'il lui restait.

Il se sécha le visage, posa le drap de bain sur le porte-serviettes et rangea ses affaires de toilette, ne laissant aucune trace de son passage derrière lui.

Une fois de retour dans la chambre, il empoigna son téléphone, priant le ciel pour qu'Hugo lui ait adressé un message.

Exaspéré, il se tourna vers elle.

— Qu'est-ce que vous dites ?

— Rien. Que je m'ennuie.

Comme hier soir sur le balcon, quand l'atmosphère s'était faite plus lourde et qu'elle l'avait regardé dans les yeux, elle sentit le trouble s'emparer d'elle. Il y avait quelque chose d'indéfinissable dans son regard, d'excitant et d'effrayant à la fois. Tout pouvait basculer d'une seconde à l'autre, du moins était-ce l'impression qu'elle avait.

Et il y avait eu l'épisode de la salle de bains, un peu plus tôt. Elle s'était réveillée en entendant crier. C'était lui. Il l'appelait. Mon Dieu, comme elle avait eu peur ! Il ne lui était pas venu à l'idée qu'en entrant dans la salle de bains elle risquait de le trouver à moitié nu. Il était tôt, trop tôt pour avoir une réaction sensée devant ce concentré de virilité. Elle avait failli le caresser, il s'en était fallu de peu. Il avait dû lui saisir la main pour l'en empêcher. Il faut dire qu'il était tentant, ce corps musclé, ferme, nu et…

Elle hocha la tête.

Hugo avait raison. Tout valait mieux que… ce qui se passait entre elle et Will maintenant.

Elle pointa le menton et tenta le tout pour le tout.

— Dites, Will, vous avez une petite amie chez vous ? Je veux dire… là où vous habitez. Je ne sais pas où, d'ailleurs. Elle doit être en train de vous attendre, non ?

Quelle délicatesse, Sadie !

Avec une évidente indifférence, il continua à plier et déplier ses vêtements et, soudain, répondit du bout des lèvres :

— Non. Et je suis né à Londres.

Pas étonnant. Cette ville grise et humide, avec sa circulation infernale dont personne ne respectait les règles, était le parfait contraire de Vallemont. Vallemont, le grand air, la verdure, la nature... Il n'empêche, Hugo l'avait emmenée pour ses dix-huit ans voir *La Tempête*, de Shakespeare, bien sûr, dans le West End, et elle avait adoré ce spectacle, captivant, éblouissant, génial !

Bizarrement, Will n'avait pas cherché à voir son ami. Il devait déjà y avoir un contentieux entre eux. Elle essaierait de le découvrir, se dit-elle, mais en attendant elle répliqua :

— Ah, vraiment ? Vous devez bien avoir une amie comme vous, en blouse blanche de chercheur, avec de grosses lunettes et une tête bien pleine, non ?

Il lui lança un regard, toujours aussi peu aimable. Et déterminé à ne rien lâcher.

Inutile d'insister. Il était trop, trop... trop Will. Ce n'était pas le genre de questions qui l'intéressait.

— Will, racontez-moi quelque chose, je m'ennuie à mourir, ici !

— Qu'entendez-vous par *quelque chose* ?

Sa voix de basse la fit frissonner. Mais elle ne pouvait pas répondre, c'était trop personnel, trop intime, même. Elle garda l'explication pour elle.

— Je ne sais pas moi, bavardons de choses et d'autres, histoire de tuer le temps.

— Bavarder ?

— Oui, pourquoi pas ? dit-elle, étonnée par sa question.

— Parce que c'est stupide.

— Stupide ? Comme vous y allez !

Elle prit son élan et, avec la voix traînante d'un cow-boy texan, elle dit :

— Pour qui vous prenez-vous donc ?

Il haussa les épaules.

— Je ne dis pas que vous êtes stupide. Je dis que parler pour ne rien dire, c'est stupide.

Elle s'enfonça sur le canapé et replia une jambe sous ses fesses, puis lui fit signe de la rejoindre.

— Asseyez-vous là et faisons connaissance. On est peut-être ici pour plusieurs jours... Ou même pour toujours.

Comme il faisait grise mine, elle pouffa de rire.

— Asseyez-vous. Allez, n'ayez pas peur. Je ne vais pas vous manger !

Quand il s'assit, le canapé sembla rétrécir tout à coup. La jambe qu'elle n'avait pas repliée touchait presque la sienne, mais elle garda son sang-froid.

— Bien, où en étions-nous ? Pas de petite amie ? Mais vous aimez les femmes, n'est-ce pas ?

Stupéfait, il haussa un sourcil, mais ne répondit pas.

— Donc vous aimez les femmes mais vous n'en fréquentez aucune en particulier. Je comprends ! Je suppose que c'est parce que vous le voulez bien et non parce que vous êtes, comme moi, incapable de vous engager dans une relation !

Au lieu de lui répondre, il se contenta de la regarder. Mais quel regard ! Un regard à la fois sombre et doux, irrésistible...

Qu'est-ce qui lui arrivait ? Était-elle victime du syndrome de Stockholm ? Car finalement il l'avait quasiment enlevée, et emmenée de force dans cette espèce de tour où il la séquestrait. C'était ça ! Elle était son otage. Qu'allait-il lui faire ? Quel sombre destin lui réservait-il ?

Elle gigota pour tenter de faire passer les picotements qui lui chatouillaient le dos, tout en s'arrangeant pour que son genou ne touche pas le sien, car, chaque fois qu'elle s'était cognée contre lui dans la cuisine, ou qu'elle l'avait frôlé en passant derrière lui sur le balcon, ou quand elle lui avait tendu une tasse de thé, il y avait eu cette étincelle, et cette chaleur, et ce courant qui se propageait dans tout son corps à la vitesse de la lumière.

Il la regardait toujours, semblait incapable de détacher les yeux de son visage. De sa bouche. Et elle avait le cœur qui battait la chamade et la tête qui tournait. Comme lorsqu'un homme s'apprête à…

— Mon travail compte beaucoup dans ma vie, déclara Will, détournant les pensées de Sadie du terrain glissant sur lequel elle s'engageait. Il est plus qu'important, il est essentiel. Cela ne favorise pas les relations durables.

La gorge sèche, elle avait du mal à avaler sa salive.

— Comment cela ?

— Je travaille énormément. Je suis souvent en déplacement, et mon planning change sans cesse. J'ai des adresses en Amérique du Nord, du Sud, une en Scandinavie, une aussi à Londres, mais mes mails vont tout droit chez mon assistante, dans le Wisconsin. Il y a toujours des étoiles visibles quelque part dans le monde !

— Les médecins travaillent beaucoup, les pompiers aussi. Les footballeurs voyagent sans arrêt. Beaucoup s'arrangent pour s'installer quelque part, pour avoir une famille.

À quoi rimait cette démonstration ? Où voulait-elle en venir ?

— Demandez donc à leurs familles si elles ne préféreraient pas qu'ils soient plus souvent à la maison. Elles diront toutes oui.

Pas un mot.

— Donc, si vous vivez seul, c'est par… générosité.

— Absolument.

Au ton de sa réponse, grinçant, elle comprit qu'il faisait

de l'humour. Quant à sa voix… Oh ! cette voix ! Le genre de voix que l'on n'oublie pas. Caverneuse, voilée, éraillée, cassée. Celle d'un homme au lendemain d'une soirée trop arrosée… Ce qui n'était pas le cas.

— Tant mieux pour vous.

D'un hochement de tête, il acquiesça. Elle sourit et lança, sans réfléchir :

— Vous devez vous poser des questions.

Nouveau hochement de tête.

— Beaucoup. Toutes vont dans le même sens. Pourquoi sommes-nous ici ? Comment en sommes-nous arrivés là ? Que va-t-il se passer maintenant ?

— Je voulais parler d'Hugo et moi.

Will ne broncha pas. Pas un battement de cils. Pas un signe d'étonnement. Même sa fossette ne bougea pas. Il était très bon dans ce domaine, aussi.

— Vous ne dites rien ? Bon, je vais commencer par autre chose. Qu'est-ce que je…

— Combien de temps êtes-vous restés ensemble ? demanda-t-il, l'interrompant.

— Ensemble ? Hugo et moi ? Mais… nous n'avons jamais été ensemble !

Aucune réaction. Décidément, il était très fort. Ou totalement indifférent.

— Nous avons toujours été amis, des amis très proches. Quand j'avais trois ans, il me faisait faire le tour de la pelouse dans son auto à pédales. Quand j'en avais dix-huit, il m'emmenait dans sa grosse Maserati. Vroum, vroum… Et moi je disais, et ça faisait rire tout le monde, que quand je serais grande je l'épouserais.

— Mais vous ne le pensiez pas vraiment.

C'était étonnant. Il la connaissait depuis quelques heures

seulement et il l'avait déjà cernée alors que d'autres, qui la côtoyaient depuis toujours, ne savaient pas qui elle était.

— Nous avons dû nous embrasser deux fois en tout, dans des soirées, pour voir si ça marcherait. Mais non, ça n'a pas marché. Mais nous avons tout de même décidé de faire ce mariage de convenance. Pas question de dormir dans le même lit, ni de vivre sous le même toit.

Cette fois, il réagit.

— Je sais ce qu'est un mariage de convenance. Dans votre cas, je ne comprends pas bien. Pourquoi vouloir vous marier ?

Tout était sa faute, mais elle n'aimait pas en parler, d'autant moins qu'elle n'était pas seule concernée. Elle esquissa un sourire.

— Vous le connaissez.

— Oui. Mais je n'ai jamais eu l'intention de l'épouser !

Toujours cet humour grinçant ! C'était exaspérant.

— Si vous ne vous souvenez de rien, moi non plus !

Intrigué, il la scruta. Malgré une vie passée sous l'œil du public, elle n'avait jamais eu l'impression d'être examinée comme il le faisait, comme un insecte sur la lame d'un microscope.

— Ah, pardon ! Vous aviez un problème. C'est pour cela qu'il a accepté de vous épouser ?

— Justement, non.

— Pourquoi, alors ?

Elle inspira à fond dans l'espoir de garder son calme, de *paraître* calme, mais elle avait les poings serrés et s'était redressée comme si elle se préparait à répondre à une attaque en règle.

En fait, elle ne savait plus où elle en était. Il la déroutait.

Depuis qu'ils se trouvaient ensemble, il essayait de

la déchiffrer, de voir ce qui se cachait derrière son air bravache. Elle le voyait bien.

— Arrêtez ! gronda-t-elle.

— Quoi donc ? Je n'ai pas dit un mot.

Elle s'humecta les lèvres.

— Non, mais vous l'avez pensé ! Vous croyez que je ne vous vois pas ? Avec vos grands yeux qui fouillent partout et vos cellules grises qui se télescopent dans votre cerveau. Et puis, ce matin… Quand vous avez appelé pour que je vienne dans la salle de bains. Vous ne pouviez pas vous habiller avant ? C'était quoi, ça ?

Elle desserra les mains, qu'elle avait jointes sur ses cuisses, et regarda Will, la poitrine de Will.

— Vous êtes sérieuse ?

Ne sachant plus que dire, elle regarda la porte pour partir. Mais pour aller où ?

Dans la salle de bains, où malgré elle l'image de Will à moitié nu danserait devant ses yeux ?

Sur le balcon, où n'importe qui pourrait la voir ? Avec vue sur le palais et le souvenir des étoiles qu'elle avait admirées avec lui ?

Non, non, non, il ne lui restait qu'une solution : se sauver, une deuxième fois.

Elle posa le pied par terre et… vacilla. Sa jambe était engourdie, et elle ne s'en était pas rendu compte. Effrayé, Will se précipita pour la retenir. Déséquilibrés, ils tombèrent tous les deux sur le canapé, l'un sur l'autre. Par mégarde, elle lui donna un coup de genou dans la cuisse.

— Aïe !

Elle ne bougea plus, attendant qu'une douleur se manifeste. Rien. Elle ne sentait rien sauf qu'elle était allongée sous Will, et qu'elle avait les cinq sens en ébullition.

— Sadie ? dit-il. Sadie, vous vous êtes fait mal ?

Elle hocha la tête.

— Vous êtes sûre ? Parce que vous tremblez.

Oui, elle tremblait. D'émotion, d'excitation, de peur, d'épuisement, de confusion… D'un trop-plein de sensations qui déroulait sur elle ses vagues soyeuses.

Il lui enleva les cheveux des yeux et les rabattit derrière ses oreilles. Surprise, elle cligna des paupières et le regarda. Mais, au lieu de baisser le bras, il lui caressa le visage, légèrement, suivant du doigt la rougeur qui lui colorait les joues peu à peu.

Ce geste était si inattendu, si gentil et si tendre qu'elle se troubla. Émue autant que gênée, elle rit. *Bêtement,* se dit-elle. Elle avait compris, parce que les femmes comprennent toujours. Avant même que sa main remonte le long de son dos, puis dans ses cheveux, il lui demanda d'arrêter de remuer.

— OK, mais j'ai besoin de bouger.

— Pas maintenant.

Il souffla, dirigeant son souffle sur ses lèvres, sur son cou, partout. Un souffle puissant, une bourrasque, plutôt, terrible, merveilleuse, dévastatrice, qui demandait sans dire, beaucoup, trop, pas assez…

Elle ne pouvait pas désirer cet homme. Elle ne pouvait pas avoir envie de lui. C'était l'ami d'Hugo. Un homme à qui celui-ci avait fait confiance pour la protéger.

Si cette débandade lui avait appris quelque chose, c'était que cela ne marcherait jamais avec des hommes qu'elle ne pouvait pas avoir.

Son professeur d'art dramatique à New York l'avait adorée parce qu'elle l'admirait. L'estimable prince de Vallemont l'adorait comme amie. Et l'intouchable Dr Will Darcy…

— Will, dit-elle.

Sa voix s'était radoucie.

— Je suis désolée que vous soyez mêlé à tout ça. Et en même temps je ne suis pas désolée du tout.

Son regard vira au tragique comme si elle lui annonçait une catastrophe.

Il ouvrait la bouche pour parler quand on frappa à la porte.

7.

— Vous attendez quelqu'un ?

Sadie hocha la tête. Ses cheveux glissèrent comme de la soie sur le visage de Will.

— Bien, dit-elle. À part vous avoir dit qu'il envoie quelqu'un me chercher, que vous a-t-il dit ?

— Rien depuis hier.

Toc, toc.

On frappait encore. Plus fort. On insistait. Ça ne pouvait pas être le garçon d'étage avec un panier de gourmandises.

Bien qu'il n'ait pas envie de se relever, il se redressa, installa Sadie sur le canapé et alla à la porte. Là, il regarda par le judas. Et recula.

Hugo !

Il faillit faire comme s'il n'avait rien entendu mais réfléchit. C'était ce qu'il souhaitait depuis le début, non ? Qu'on vienne le débarrasser d'elle.

Hugo était plus grand que lui. Des petites rides au coin des yeux qu'il n'avait pas avant, de la barbe, noire, et un port de prince. Le quotidien local sous le bras, son col de chemise relevé, c'était tout lui ! Will éclata de rire.

— Heureux de te revoir, vieux ! dit Hugo en souriant à son ami.

Ils se serrèrent la main.

— Vous pouvez disposer. Je vous appellerai quand

j'aurai besoin de vous, dit Hugo à l'homme en noir qui devait être son garde du corps.

Sans poser de questions, l'homme s'éloigna.

Alors seulement, Hugo avança et étreignit Will.

Tapes dans le dos. Rires. Émotion. C'était comme s'ils s'étaient quittés la veille.

— Hugo ?

Surpris par la voix de Sadie, ils se retournèrent d'un bloc. Déjà, elle enjambait le dossier du canapé pour les rejoindre.

— C'est toi ! s'exclama-t-elle se jetant dans les bras d'Hugo sans lui laisser le temps de poser le sac qu'il avait à l'épaule.

Comme un petit chat, elle se blottit contre lui, la tête dans son cou.

— Hugo ! Toi ici ? Je pensais que tu enverrais un domestique. Ou juste une voiture. Tu n'avais pas besoin de venir.

— Bien sûr que si !

Les imaginer ensemble était une chose. Les voir, comme ça, contents de se retrouver comme de vrais amoureux, en était une autre.

— On pourrait peut-être entrer ? dit Will, un peu nerveux.

Hugo regarda Will puis entra, Sadie toujours pendue à son cou.

Will claqua la porte avec une telle violence que Sadie se retourna.

— Ça, alors ! Je n'en reviens pas que tu sois là ! dit-elle à Hugo.

— Eh bien, si, tu vois.

— C'est super, déclara-t-elle en rougissant.

Resté à l'écart, Will se dit que tout était fini entre eux. Si ce n'est que rien n'avait jamais commencé ! Il avait rempli sa mission, c'était terminé pour lui. Il était temps qu'il tire sa révérence, qu'il monte dans l'avion et retourne travailler.

— Dis-moi tout, enfin, non, pas tout ! lança Sadie.

Hugo lui sourit, mais elle constata qu'il était pensif.

De son côté, Will avait réfléchi. Non, il n'allait pas partir. Pas encore. Le prince avait des obligations, et tout le monde au palais était suspendu à ses décisions. Et il y avait Sadie…

Will ramassa le journal qu'Hugo avait laissé tomber et lut. Le « non-mariage » du prince faisait la une. C'était inévitable. Quand il releva les yeux, il remarqua que Sadie et Hugo n'étaient pas assis sur le même canapé…

Il se racla la gorge.

— Depuis quand l'homme en noir et toi êtes-vous amis ? demanda-t-il. Tu détestais les gardes du corps, si je me souviens bien.

— Depuis que mon oncle a failli perdre la vie dans un attentat, il y a un an. Il pique-niquait avec la princesse Marguerite et les jumeaux.

— Je l'ignorais.

— On a préféré ne pas ébruiter l'incident. Ils vont bien. Choqués mais pas blessés. Prospero a débarqué le lendemain. Je ne voulais personne mais je me suis laissé faire. Je l'emploie depuis. Leo, je peux te demander un verre d'eau ?

Leo ?

Hugo avait fait allusion à elle quand ils étaient au collège, mais assez peu. Juste pour lui parler des goûts musicaux terribles de Leo. Des escalades avec Leo. De ses projets d'aller à l'Oktoberfest avec Leo.

Il lui avait parlé d'elle comme on parle d'un copain. Pas une seconde Will n'avait imaginé qu'il s'agissait d'une femme, et encore moins que c'était le surnom de Sadie.

Celle-ci se leva d'un bond.

— J'ai mieux. Will, pouvez-vous faire un feu dans la cheminée ? Hugo, tu nettoies la table basse ? Il me semble avoir vu de la bière dans le réfrigérateur. Je vais la chercher.

— Vous pourriez dire « s'il vous plaît, Majesté » ! fit Will en plaisantant.

Ils se mirent à rire.

— Vous pouvez peut-être vous tutoyer, tous les deux, non ? enchaîna Hugo.

— D'accord, dit aussitôt Sadie.

Elle fila dans la cuisine, ouvrit un placard.

— Il y a du fromage et des crackers. On ne mourra pas de faim.

— Leo ! gémit Hugo. Je dois vraiment nettoyer la table ?

— Oui, ça forge le caractère.

Will lança le feu. Du coin de l'œil, il vit Sadie revenir chargée comme un baudet. Elle était pieds nus, pas coiffée, noyée dans le jogging qu'il lui avait prêté. De toute évidence, elle ne cherchait pas à séduire Hugo.

Avec les années, son ami était-il devenu moins exigeant ? Ou réservait-il ses commentaires pour plus tard ? De toute manière, l'ambiance était étrange.

Quand Will revint s'asseoir, Hugo était calé au fond du canapé, les mains derrière la tête, l'air vraiment content.

— Tiens, ta bière, dit Sadie s'appuyant d'une main sur le genou d'Hugo. Et celle-là est pour toi, ajouta-t-elle, tendant une petite bouteille à Will.

Elle lui sourit, l'effleura en passant près de lui pour aller s'asseoir et rougit.

— Servez-vous en fromage.

Au lieu de prendre place sur un des canapés, elle choisit de s'asseoir par terre.

— Dis-moi, Hugo, comment ça s'est passé là-bas ?

Qu'est-ce que je peux faire pour me faire pardonner ? Et pour réparer les dégâts ? Il y a toi, ta famille, ma mère…

— Ta mère va bien. En fait, elle a donné sa démission.

— Et elle ne m'a rien dit ?

— Elle ne voulait pas te décevoir. Elle aurait dit à Marguerite qu'elle voulait prendre sa retraite depuis longtemps. Elle a une petite maison en vue dans le village près de ton ancienne école et très envie de voyager.

— Elle avait peur de me décevoir ? Quand je pense que je n'avais accepté de t'épouser que pour qu'elle puisse rester vivre au palais quand elle prendrait sa retraite. Un peu aussi pour la couronne qu'on avait fait miroiter. Et puis pour toi …

Hugo agita la main avec nonchalance. Will plissa le front.

— Tu ne vas pas me dire, Sadie, que tu te mariais pour que ta mère puisse rester au palais quand elle n'y travaillerait plus ?

— Si. C'est ce qui m'a décidée.

Will se tourna vers Hugo.

— Et toi ?

— Je vais t'expliquer. Ma mère n'est pas de sang royal et elle est australienne. Il en résulte que son statut ici est précaire. Surtout maintenant qu'elle est remariée… avec un Français, roturier de surcroît ! La loi est claire : sans mon père, qui est décédé, comme tu sais, son maintien au palais est à la discrétion de la famille jusqu'à ce que je sois couronné. L'année prochaine. À trente-deux ans. Si je me marie, elle pourra sans doute rester, sinon, elle devra s'en aller. Sans la citoyenneté, sans naturalisation, sans un sponsor vallemontain, elle sera forcée de quitter le pays.

Will éclata de rire. C'était absurde. Archaïque. Un non-sens. Oui, risible. Mais l'éclat de rire tourna court.

Éberlué, incrédule, il regarda Sadie, qui baissait la tête.

— Si je comprends bien, il t'épousait pour une raison logistique et toi tu te mariais pour assurer ta… sécurité. Mais quelle sécurité ?

— Évidemment ! Tu ne sais pas ce que c'est, toi, que manquer de tout !

Hugo tapa dans la main de Will.

— Vous avez tous les deux agi par générosité, alors ?

— Tu trouves aussi ? dit Sadie.

Elle se tourna vers Will.

— Nous avons des sensibilités différentes, toi et nous. Ici, à Vallemont, on admet facilement que l'on puisse se marier pour toutes sortes de raisons, pour les affaires, pour ne pas diviser les propriétés, parce qu'on est partenaires, par amitié. Et même – horreur et damnation – par amour !

Hugo l'arrêta.

— Ne te fatigue pas, Leo. Avant même d'avoir découvert les étoiles, Will était déjà sur une autre planète.

— Tu exagères ! répliqua Sadie.

Will la rassura d'un sourire.

— J'essayais de me rappeler pourquoi nous ne nous étions pas vus pendant des années, mais ça me revient.

Un voile de tristesse assombrit le regard d'Hugo.

— Quoi ? fit Sadie. Qu'est-ce qui s'est passé ? Je sens que j'ai raté quelque chose.

Incapable de dire un mot, Will sentit sa gorge se nouer. Claire était un sujet tabou. Il n'avait évoqué sa sœur avec personne depuis des années. C'était trop douloureux. Trop terrible. Elle faisait en quelque sorte partie de lui.

Apparemment, Hugo n'était pas aussi ému.

— Tu te souviens de mon amie Claire, Leo ?

Sadie passa d'Hugo à Will.

— Claire. Tu veux dire la fille du collège voisin ? Bien sûr. Elle était venue, un été.

— Claire était la sœur jumelle de Will.

Will avait vu Sadie secouée, apeurée, il l'avait vue pleurer. Mais il ne l'avait jamais vue sidérée comme elle l'était à cet instant.

— Tu es le frère de Claire ? Celui qui devait venir à Vallemont ce fameux été et n'a pas pu parce que…

— Je m'étais cassé la jambe.

Elle claqua dans ses doigts.

— C'est ça ! Je m'en souviens ! Hugo était follement amoureux d'elle, il la suivait partout. Je crois même que j'ai été un peu jalouse car j'aimais beaucoup Claire, moi aussi. Toujours cette amitié exclusive des filles ! Elle a appris à jouer de la guitare, tu te rappelles, Hugo ? Alors qu'elle ne connaissait pas une note. Et elle était obsédée par l'accent de Marguerite. Et ce qu'elle pouvait être drôle ! Et tu dis que c'est ta jumelle ? Je n'en reviens pas !

Dans son enthousiasme, Sadie n'avait rien remarqué. Ni le silence d'Hugo, ni l'attention de Will, qui buvait ses paroles. Il était plongé dans les souvenirs, le rire de Claire, sa spontanéité, l'ambiance qu'elle mettait dans le palais. Il aurait voulu revivre ces souvenirs pour tenter de rattraper le temps perdu. Il n'avait jamais pardonné à son ami de lui avoir volé ces dernières journées quand, en réalité, Hugo avait fait passer à Claire un merveilleux été.

Ce n'était pas la mort de Claire qui avait détruit leur amitié. C'était la colère de Will. Son chagrin. Il avait vécu les deux années suivantes dans un flou total. Jusqu'à ce qu'il se secoue, s'implique de nouveau dans l'astronomie et se force à aller de l'avant.

Sans jamais lâcher prise, toutefois.

— Que devient Claire ? demanda Sadie innocemment. Pourquoi n'est-elle pas là ?

Will regarda Hugo, qui fixait sa bière.

— Elle est tombée malade.

— Zut alors !

— Non, non, pas aujourd'hui. Cela fait plusieurs années. Claire est morte à la fin de ce fameux été.

Sadie se redressa, la main sur la bouche.

— Oh... Je suis désolée...

Will hocha la tête lentement, de haut en bas.

— Désolée, Will, je ne savais pas.

— Tu ne pouvais pas deviner. Savoir qu'elle a passé un dernier été agréable me réconforte.

Émue, Sadie le regarda.

— Que lui est-il arrivé ?

— Sadie..., murmura Hugo.

— Si Will ne veut pas en parler, il le fera savoir. Toi, tu n'as pas ton mot à dire car c'est ta faute. Tu ne m'avais rien dit.

Mal à l'aise, Will se tordait les doigts et faisait craquer ses articulations.

— Ça a commencé par des pertes de mémoire. Puis son caractère a changé. Tristesse. Dépression. Tu l'as connue, elle était... solaire. Quand nous sommes tous retournés au collège, elle m'a écrit. Des lettres où perçait son anxiété, sa peine. Je croyais qu'elle s'était disputée avec Hugo, mais il a toujours nié. J'ai demandé au collège l'autorisation de m'absenter. Je voulais aller voir ce qui se passait. Ils ont refusé. Alors j'ai demandé à ma grand-mère d'intervenir. Elle n'était pas du tout émue. On a commencé à s'inquiéter pour elle quand elle a fait un premier AVC. Le temps qu'elle soit hospitalisée, elle était incohérente et ne tenait plus debout. Trois semaines plus tard, elle a contracté une pneumonie, et elle est morte.

Will parlait d'une voix sépulcrale. Une voix usée de vieil homme.

— Je ne l'avais pas revue depuis que je m'étais cassé la jambe.

— Depuis Vallemont ?

— Exact.

— C'est héréditaire ? demanda Sadie.

Étonné par la question, Will lui répondit que non. Elle se tourna alors vers Hugo et lui reprocha de ne lui avoir jamais parlé de la santé de Claire.

Lui lançant un regard mauvais, elle partit sur le balcon en marmonnant qu'elle ne voulait plus le voir... pour l'instant.

Là-dessus, Hugo et Will prirent chacun une bière et trinquèrent.

— À Claire ! dirent-ils en chœur.

Claire, cette fille merveilleuse que tous les deux adoraient et qui leur manquait tellement. Soudain, comme si le poids qui l'écrasait depuis des années s'était miraculeusement envolé, Will sourit à Hugo, qui s'éclaircit la voix et changea de sujet.

— Alors, Will, comment va la vie depuis le temps qu'on ne s'est vus ?

— Des millions d'années, fit Will. Ça ne va pas mal...

— Ma mère m'a montré un article sur toi dans une revue. Il y a environ un mois. Le « Top ten des scientifiques les plus sexy ». Franchement, tu n'étais pas le plus beau !

Will éclata de rire, de bon cœur. Il se sentait libéré. Soulagé. Personne aujourd'hui ne connaissait le garçon qu'il était avant de devenir « quelqu'un ». Avant les prix que lui avait décernés l'université, avant ses publications, avant le scandale qui avait discrédité ses travaux. Personne, aujourd'hui, ne savait l'enfant difficile qu'il avait été, avec son incorrigible sœur qu'il aimait plus que tout.

Il avait pourtant été cet enfant-là. Et il avait eu cette sœur-là. Tout cela, il l'avait enfoui au plus profond de lui.

Pour ne plus avoir à en parler, ce qui n'avait rien réglé. Il n'en avait pas moins souffert.

Il était temps de sourire. De guérir de ce chagrin.

— Alors, elle te plaît, ma Leo ?

— Oui, elle est charmante.

— Vraiment ? Pourtant, j'ai l'impression que tu veux te débarrasser d'elle.

Will regarda par la fenêtre sans répondre.

— Elle a eu un départ difficile dans la vie, tu sais. Son père les a laissées, sa mère et elle, au bord de la route le jour de sa naissance. Marguerite les a trouvées et les a conduites au château. Le pays l'a adoptée. C'est sûrement compliqué de savoir qu'on est observé à la loupe. Moi, je m'en sors parce que je me suis construit une vie, j'ai un but, dans un domaine où mon titre de prince importe peu. Elle, elle s'en sort en étant adorable, drôle, heureuse, en se conformant à ce qu'elle imagine que les gens attendent d'elle.

Hugo posa un doigt sur ses lèvres.

— C'est la seule personne au monde sur qui je peux compter pour me rappeler à l'ordre quand je m'égare. Je l'aime beaucoup mais, clairement, je n'ai pas compris qui elle était vraiment. Sinon, elle ne se serait pas enfuie comme elle l'a fait au dernier moment. Je sais qu'elle a décidé d'endosser tous les torts, mais c'est ma faute, en réalité. Je sais qu'elle me pardonnera car elle a un grand cœur. En revanche, je ne suis pas certain de *me* pardonner, un jour. Parce qu'elle a dû souffrir pendant tous les préparatifs… sans rien oser dire. Pauvre chérie !

Hugo n'attendait pas de réponse, il avait juste besoin d'une oreille. Will le laissa parler. Et écouta, essayant de ne pas laisser transparaître ses sentiments pour Sadie.

— Quoi qu'il en soit, reprit Hugo en se levant, je ne vais pas m'attarder. C'était juste une visite.

Il tendit la main à Will, qui la serra.

— Merci d'avoir pris ma place, mon ami. Elle ne pouvait pas tomber dans de meilleures mains.

Incrédule, Will dévisagea son ami, qui semblait lui être vraiment reconnaissant.

Will opina.

— Si j'ai pu être utile…

Hugo lui donna une tape dans le dos et fila. Will en profita pour regarder vers l'est. Vers le soleil couchant. Vers la nuit. Vers les étoiles.

Sadie admirait le ciel. Les premières étoiles scintillaient, le sommet des montagnes se découpait en ombres chinoises sur les nuées orange qui zébraient le ciel. En contrebas, le village était encore plus calme que la veille. Comme si tous l'avaient déserté.

Elle inspira à fond en pensant à Claire. Ce n'était pas normal d'être aussi bouleversée à propos d'une fille qu'elle avait connue il y a si longtemps qu'elle ne se rappelait même plus à quoi elle ressemblait, mis à part ses boucles et un air malicieux.

Quand Hugo était revenu pour les vacances, à la fin de l'année suivante, et qu'il n'avait plus parlé d'elle, elle avait pensé qu'ils s'étaient fâchés. Connaissant Hugo comme elle le connaissait, elle ne s'en était pas mêlée. Sans doute était-il très malheureux ?

Dire que c'était la sœur de Will ! Sa jumelle, en plus. Lui aussi avait dû être malheureux. Quel âge avaient-ils ? Seize, dix-sept ans ?

Elle ravala une envie de pleurer. Elle était submergée. Mal à l'aise. Comme si tout ce qu'elle croyait savoir sur Will était insignifiant au regard de la réalité. Ce qu'elle ressentait là, maintenant, s'ajoutait à une curiosité maladive pour ce qui avait été, et à une puissante attirance physique.

Elle empoigna la rambarde. Il faisait très froid, maintenant. Un temps de neige.

Elle se retourna pour rentrer. Will arrivait, et elle lui sourit. Il lui rendit son sourire et vint poser les mains à quelques centimètres des siennes. Sans la toucher…

— Il fait froid, dit-il.

— Il est temps de partir, non ? demanda-t-elle.

Il acquiesça.

— Mais où ?

— À la maison.

— Je n'en ai plus.

— Tant mieux pour toi. Où aimerais-tu aller, maintenant que tu as le choix… puisque tu es libre ?

— Je n'en ai aucune idée. Je dois avouer que jusqu'à hier je n'ai pensé à rien. Même pas à la façon de retrouver mon poste. Je ne pensais vraiment pas faire face à cette situation. J'étais persuadée qu'on viendrait me récupérer. Bref…

Elle hocha la tête.

— Tout ça, c'est du passé, maintenant. Place à l'avenir. Mais je n'ai plus rien. Ni maison ni prince, et pas de travail ! Que moi-même !

— C'est déjà pas mal.

Surprise par sa voix, sourde, rauque, elle le regarda. Les boucles brunes, ces traits virils, ces yeux insondables, il était l'archétype du héros tragique des poèmes de Lord Byron.

Elle commença à se détendre. À désirer plus d'intimité avec lui. À vouloir adoucir sa peine. La sienne propre, aussi.

Elle s'était habituée à l'avoir dans sa vie. Cela ne faisait pourtant qu'un jour et demi qu'ils étaient ensemble. Pourquoi ses gestes, ses expressions, son souffle la troublaient-ils à ce point ? Pourquoi était-elle attentive aux interrogations qu'elle lisait dans son regard ?

Elle croisa les bras devant elle.

— Merci, Will. Pour le jogging, pour le lit, pour le temps que tu as passé avec moi.

Au lieu d'en rester là, comme elle aurait dû, elle avança vers lui et, hissée sur la pointe des pieds, l'embrassa. Sa joue, pas rasée, piquait légèrement. Son odeur, son parfum, la chaleur de son corps, sa barbe contre ses lèvres, son bras et sa main qui tremblaient, jamais elle ne les oublierait.

Quand elle recula, le cœur battant, le souffle court, il la regarda. C'était la sensation la plus perturbante qu'elle ait jamais connue.

Une fois de plus, un coup à la porte vint rompre le charme.

— Hugo est sorti ?

— Non. Ne bouge pas, j'y vais.

Malgré tout, elle le suivit. Mais Hugo était déjà à la porte et ouvrit.

— Excellent timing, Prospero. Nous sommes prêts à…

L'homme sortit son téléphone.

— Votre Altesse, lisez ceci, je vous prie.

Hugo prit le portable et pâlit.

— Où avez-vous trouvé ça ?

— Une alerte Internet, dit Prospero. Dès qu'on parle de vous dans un journal, ou ailleurs, je suis prévenu. C'est ma faute. Ils ont dû nous suivre depuis le palais. Je ne me suis pas assez méfié. Je démissionnerai dès que je vous aurai mis en sécurité.

— Non, Prospero, vous ne démissionnez pas. J'ai pris l'habitude de vous avoir à mes côtés. Et j'ai l'impression que je vais avoir doublement besoin de vous, ce soir.

Will s'éloigna, tandis que Sadie s'approchait d'Hugo et le prenait par la manche.

— Qu’est-ce qui se passe ?

Hugo regarda du côté de Will, puis tendit le portable à Sadie. On y voyait une photo d’Hugo entrant dans un immeuble sur lequel couraient des bougainvillées.

— C’est toi en train d’entrer ici, cet après-midi.

— Continue, dit Hugo.

Elle fit défiler les photos suivantes. Mon Dieu ! C’était elle et Will, sur le balcon, leurs deux mains tout près l’une de l’autre sur la rambarde, et les yeux dans les yeux.

Elle faillit s’étrangler. En légende sous les photos, on pouvait lire : « Le prince Alessandro surprend Lady Sadie avec son amant. »

Ce balcon, qui surplombait le village avec ses bars et ses boutiques, n’était pas un endroit sûr, elle le savait.

— On ne faisait que parler, Hugo, déclara Will, qui s’était retourné. Les photos viennent d’être prises. Regarde les vêtements. Ce sont ceux que nous portons en ce moment même.

— Je te crois, Will. Je sais que tu ne flirtais pas avec Leo sur le balcon comme dans les pièces de boulevard où elle joue !

Bouleversée, Sadie rendit le téléphone à Hugo et se tourna vers Prospero, qu’elle foudroya du regard. Pourquoi avait-il averti Hugo de ce qui circulait sur les réseaux sociaux ? Pourquoi ? Si seulement elle avait pu, à cet instant, être six pieds sous terre !

Elle inspecta la chambre du regard. Elle était charmante et elle allait lui manquer. Mais c’était trop tard pour se lamenter. Elle n’avait qu’à réfléchir avant et faire le bon choix… Pour l’heure, il fallait partir.

— Will, lança Hugo, sortant Sadie de ses songes, quel est ton plan ?

— Londres.

— Emmène-la avec toi.

Mutisme de Will.

— C'est de moi que tu parles ? fit Sadie.

Elle les dévisagea tous les deux. Hugo, très princier, les regardait de haut. Will, discret, fixait ses pieds.

— Will ne peut pas m'emmener, il travaille. Il a sa vie.

Dans le fond, qu'en savait-elle ? Malgré l'intensité des deux derniers jours, elle connaissait peu de choses de lui.

— Dis-le-lui, Will.

Les deux hommes se toisant, Prospero trancha.

— Son Altesse a raison. Il est temps de partir, Madame. Plus vite vous serez loin, mieux je protégerai le prince. Ça vaut mieux.

Elle leva les bras au ciel.

— Ça vaut mieux ? ! répéta-t-elle. Si on voit Will et moi quitter le pays ensemble, ces photos auront un sens alors qu'aujourd'hui elles ne montrent rien de plus que deux personnes qui bavardent sur un balcon. Vous parlez d'un scoop !

Sadie rougit. Pour elle, la séance sur le balcon n'avait pas été un simple bavardage et elle se sentait coupable.

Hugo ne pipa mot, mais une expression de tristesse passa sur son visage.

— Will, parle, je t'en prie, qu'on mette un terme à cet échange !

Le regard débordant de tendresse, Will se tourna vers Sadie.

— C'est d'accord.

— Will, comprends que tu n'as plus d'obligation envers moi. Que tu n'es plus ni mon baby-sitter, ni mon garde du corps.

— Qu'est-il, alors ? demanda Hugo.

— Il est… Il est…

Il était beaucoup de choses mais elle ne pouvait pas le dire tout fort.

Considérant le silence de Sadie comme un accord, Hugo conclut.

— Parfait. C'est réglé. Prospero ?

— C'est comme si c'était fait, Votre Altesse, répondit l'homme.

Et il disparut.

Hugo tendit un sac à Sadie.

— Ta mère l'a préparé pour toi pour le cas où tu déciderais de ne pas rentrer directement à la maison. Des vêtements, des affaires de toilette. Un livre. Ton portable et son chargeur. Et ton passeport.

Son passeport ? Elle n'avait plus d'excuses, il fallait qu'elle parte. Cela valait mieux.

Will rassembla ses affaires, son sac et la valise contenant le télescope.

— Allons-y, dit-il.

Et ils sortirent. Hugo devant, Sadie au milieu, Will fermant la marche. Ils longèrent le couloir puis empruntèrent l'escalier. Prospero avait pris les devants. Derrière son guichet, Janine les regardait en souriant.

— Sur le départ ? Je vous préviens, dehors, il gèle et…

Elle s'arrêta, bouche bée.

— Vous êtes… lui ! Vous êtes le… Oh… Ça, alors !

Hugo s'avança, tout sourire.

— Le prince Alessandro. Oui. Ravi de vous rencontrer. Y aurait-il, par bonheur, une porte de service ? Il semble que nous soyons attendus devant votre hôtel.

Sans perdre une seconde, Janine les fit passer par-derrière. Après avoir traversé la cuisine et la réserve, ils rejoignirent la voiture par une allée bordée de bougainvillées et peuplée de dizaines de chats.

Hugo se tourna vers Will.

— Prends bien soin d'elle… comme si elle était de la famille.

Will fit oui de la tête.

— Merci encore, vieux.

Ils se serrèrent la main.

— Je te revaudrai ça.

— Tu ne me dois rien du tout, rétorqua Will.

— Peux-tu prévenir maman ? demanda Sadie.

— Bien sûr.

Il la serra rapidement dans ses bras.

— Essaie de ne pas faire d'esclandre.

— Trop tard pour ça.

— Allez-y !

Will prit le sac que Sadie portait à l'épaule et le rangea dans le coffre. Il commençait à neiger, de beaux gros flocons qui fondaient tout de suite sur la peau.

Brusquement, elle s'arrêta.

— Une minute, Will.

Elle retourna en courant vers Hugo, qui attendait dans l'ombre, fouilla dans sa poche et trouva la bague toujours attachée à la jarretière.

— Tiens ! lui dit-elle.

— Que veux-tu que j'en fasse ?

— Tu l'offriras à la femme merveilleuse que tu rencontreras un jour. Une femme qui t'adorera, qui aimera t'embrasser, qui ne raisonnera pas tout le temps et qui ne sera pas mauvaise joueuse comme moi. Une femme un peu comme Claire, peut-être…

Un nuage voila le regard d'Hugo comme une ombre passant devant la lune. Et il lui sourit.

— Prends soin de toi, Leo.

— Toi aussi.

Elle regagna la voiture en courant.

Voyant sa robe de mariée roulée en boule entre les deux sièges, elle redescendit de la voiture et courut la jeter dans une poubelle.

Elle revint et s'assit dans le cabriolet.

— Tu es prête ? lui demanda Will.

Le moteur ronfla, lui évitant de répondre. Elle se sentait légère, légère comme un ballon gonflé à l'hélium.

Comme ils s'enfonçaient dans la nuit, laissant Vallemont derrière eux, elle ne se demanda même pas quand elle y reviendrait, ni même si elle y retournerait un jour.

8.

Leur vol, organisé grâce à la redoutable efficacité de Natalie, l'assistante de Will, atterrit à Londres alors qu'il faisait nuit. Un chauffeur les attendait.

— Vous allez où ?

— Borough Market, s'il vous plaît.

Vingt minutes plus tard, il les déposait devant un ancien atelier transformé en loft.

Impressionnée, Sadie entra. L'ambiance Art déco la bluffa. Les poutrelles apparentes, les lampes industrielles, les immenses portes métalliques, tout était énorme, démesuré. Exagérément masculin. Y avait-il place pour des chambres dans cette construction étrange ? Bizarrement, elle n'imaginait pas Will dans ce type d'architecture, qui sentait l'homme en pleine crise de la quarantaine !

Elle n'aurait jamais dû accepter de venir ici. C'était une erreur. Une énorme, une colossale erreur.

Elle était plongée dans ses pensées quand Will lui tapa sur l'épaule. Elle sursauta.

— Oh ! J'ai cru qu'on nous avait suivis.

— Prospero a fait ce qu'il fallait pour que cela n'arrive pas. Je lui fais confiance, c'est un pro.

Sadie commença à se détendre.

— Tu habites ici depuis combien de temps ?

— Huit ou dix ans, je ne sais plus exactement. Ça te plaît ?

— Pas mal.

— Mais… ?

— Il n'y a pas de « mais ».

— Si. C'est écrit sur ton visage.

Les bras croisés, il la regarda faire le tour de la pièce, scrutant ses réactions.

— Mais… Où sont tes affaires ? demanda-t-elle, intriguée.

— À leur place.

Quelle place ? Il n'y avait rien nulle part. Pas de tapis, pas de coussins, pas d'étagères, pas de bibelots, pas de photos. Même pas un télescope !

Rien qui lui ressemblait.

— Je ne trouve pas ta *sweet home* très chaleureuse. C'est pour faire fuir les visiteurs ?

Il esquissa un petit sourire qui creusa sa fossette. Elle adorait quand il souriait avec cet air coquin. Comme le premier soir, sur le balcon. Elle l'avait trouvé irrésistible et, depuis…

Sentant qu'elle rougissait, elle prit son air le plus dégagé pour lui annoncer qu'elle avait changé d'avis.

— Maintenant que j'ai vu cet endroit, je me rends compte que je ne suis pas faite pour ce genre de décor et que je ne me plairais pas ici.

Et elle bâilla.

— Tu es fatiguée ? Tu as faim ?

— Non, tout va bien.

— En ce cas, je te montre ta chambre.

Le sac de Sadie toujours à l'épaule, il la précéda dans un escalier métallique où leurs pas résonnaient. Puis ils longèrent une galerie.

— Voilà, dit-il. Tu as une salle de bains à toi. Je sais que tu aimes emprunter des vêtements, il y en a dans le placard. Sers-toi. Demain matin, pour le petit déjeuner, si je ne suis pas là, tu trouveras tout ce qu'il faut dans le réfrigérateur. Et, si tu veux me joindre, pas de souci : mon assistante sait en permanence où je suis.

Elle s'assit au pied du lit.

— C'est parfait.

— Bonsoir, Sadie.

— Bonsoir, Will.

Will s'éloigna vers la porte, mais elle le rattrapa.

— Ils vont savoir qui tu es, tu sais. Les journalistes…

— Je sais.

— Ils vont en tirer des conclusions et raconter n'importe quoi dans leurs torchons. Photos à l'appui. Des mensonges, évidemment. Tu n'as pas peur pour ta carrière ? Tes amis vont te poser des questions. Te demander qui je suis. Ta famille aussi.

— Quelle famille ? Je n'en ai pas.

— Pas du tout ?

— Sadie, je t'en prie… Ne t'en fais pas, surtout.

— Si, Will. Si, je vais m'en faire. Je m'en fais tout le temps. Tu vois, l'idée qu'on ne m'aime pas ou qu'on soit fâché avec moi, ou qu'on me reproche quelque chose, me rend malade.

Elle se passa la main devant les yeux.

— Tu as raison, je suis fatiguée.

Il se rapprocha d'elle.

— Quoi qu'il arrive, demain ou la semaine prochaine, ça n'empêchera pas le soleil de se lever, la terre, de tourner, et on passera à autre chose. Nous serons tous oubliés. Rien n'est éternel.

Elle fit la moue.

— C'est supposé me remonter le moral ?

— Ça te fait rire. Allez, au lit !

— Oui.

Sur ces mots, il referma la porte, la laissant dans sa grande chambre grise, dans cette curieuse maison, dans cette ville bizarre, l'esprit confus, le cœur en déroute, avec ses fantômes qui recommençaient à la hanter.

Et seule.

— Je suis revenu.

— Le boss est de retour ! s'exclama Natalie. Où donc ? Au bureau de Londres ou à Vallemont ?

— À Londres. Au travail.

— Fantastique ! J'ai bouclé des réunions pour vous pour demain. Pas encore de rendez-vous avec le Premier ministre, mais j'ai sympathisé avec son assistante. Bon, je vais pouvoir dire à Garry de cesser de vous harceler avec cette histoire de vacances, puisque vous venez d'en prendre deux jours. C'était beau, Vallemont ?

— Magnifique.

— Vous ne m'écoutez même pas !

Will se redressa. Consulta l'heure à sa montre. Il l'avait déjà regardée cinq minutes plus tôt, et encore un quart d'heure plus tôt, après avoir quitté Sadie. Elle dormait encore.

Il se frotta le menton. Sa barbe avait beaucoup poussé.

— Le *New Yorker*. Sadie. OK, dit-il machinalement.

— Will ! Qui est Sadie ?

Il éloigna le téléphone de son oreille. Il fallait qu'il se concentre, il était trop distrait.

— Will !

À l'autre bout de la ligne, Natalie s'impatientait.

Il recolla son portable sur son oreille.

— C'est ça ! C'est ça, que vous avez fait pendant ces deux jours ? Il y avait une femme, avec vous ?

Natalie était peut-être l'assistante la plus efficace du monde, mais elle devait être aussi la plus curieuse. Elle avait une façon de s'immiscer dans sa vie privée qu'il trouvait limite. Depuis qu'elle avait vu, dans un magazine people, une photo de lui, un mannequin à son bras, devant le Kennedy Center, elle voulait tout savoir !

Savoir que ce mannequin était une étudiante férue d'astronomie qui voulait des informations sur la meilleure université pour faire un doctorat n'avait pas intéressé Natalie. Et que ce soit Garry, son manager, qui la lui ait présentée, non plus.

— Will ! Arrêtez de me mentir. Pas de mensonge entre nous, c'est dans notre contrat et ce n'est pas négociable.

— Non, Natalie. Non, ce n'est pas vrai.

— D'accord, mais dites-moi quand même. Je me fais du souci pour vous. Garry aussi. Et Cynthia.

Ah non ! On n'avait pas parlé de lui derrière son dos ! C'était détestable.

— Savoir qu'il y a une femme dans votre vie nous soulagerait.

— Je ne vous paie pas assez, Natalie ?

— Si. Je ne peux pas me plaindre.

— Est-ce que j'exagère, alors ? Est-ce que je vous en demande trop ? Vous ai-je dit quelquefois que je ne suis pas satisfait de votre travail ?

— Souvent, quelquefois, non, pas du tout !

Ce n'était pas la réponse qu'il attendait.

Bref silence et Natalie relança.

— Will, oui ou non, avez-vous fait la connaissance d'une femme à Vallemont ?

Il regarda l'hélice posée dans un coin de la pièce et

repensa à la tête de Sadie quand elle l'avait vue. Il avait reçu pas mal de femmes dans son pied-à-terre londonien, mais jamais aucune n'avait remarqué cet objet. Sadie, elle, l'avait tout de suite repéré et avait pensé que ça ne pouvait pas être lui qui l'avait choisi.

— C'est compliqué. Si vous vous figurez que j'ai rencontré une femme qui m'a convaincu que les relations humaines primaient sur mon métier, vous faites fausse route. Tant mieux pour vous. Sinon, vous risqueriez de perdre votre poste d'assistante.

Elle se tut, puis ajouta :

— Je ne suis pas inquiète pour mon avenir professionnel, Will. Je sais que je suis compétente. Maintenant, jetez un coup d'œil à votre planning, et… bonsoir, Will.

Il balança son portable à l'autre bout du canapé et, au lieu de consulter son planning, se leva et monta. Son pouls, erratique lorsqu'il passa devant la porte de Sadie, ne se calma pas quand il s'en éloigna.

Il prit une douche, se rasa, enfila un pyjama et hop ! au lit. Les yeux au plafond, il attendit. Il le savait, le sommeil ne viendrait pas.

Il se repassa sa conversation avec Natalie. Il avait des liaisons qui ne duraient jamais. Ce n'était pas une priorité dans sa vie. Son métier passait avant tout. Cependant, s'il ressentait un jour le besoin de passer à autre chose, il le ferait.

Pour l'heure, il se reprochait d'avoir raté deux jours au labo. *Pour Sadie*. Deux jours pendant lesquels il ne s'était guère intéressé aux planètes, sauf un soir, *avec Sadie*, où il lui avait fait voir, rapidement, la nébuleuse d'Orion.

C'était *pour Sadie* qu'il était terré dans cette maison de Londres, au lieu d'être quelque part, dans un désert, sans doute, en tout cas, loin de cette ville dont les lumières l'empêchaient de voir clairement les astres.

C'était aussi *à Sadie* qu'il devait de ne pouvoir s'endormir.

Il se tourna sur le côté et ferma les yeux. Cette fois, c'était sûr, le sommeil allait venir.

Mais rien n'y fit !

Bien qu'épuisée, Sadie ne dormait pas. Comment dormir en sachant que Will était là, pas très loin ? C'était le grand remue-ménage dans sa tête. Elle en avait le tournis. Depuis qu'elle l'avait embrassé gentiment sur la joue, et qu'il l'avait presque *enlevée* pour la ramener chez lui, depuis que…

Elle se tourna sur le côté, fouilla dans son sac. Sauvée ! son portable !

Il n'avait presque plus de batterie et sa boîte mail débordait de messages. Elle les effaça tous et appela le seul numéro important.

— Maman, c'est moi, Sadie.

Court silence. Puis sa mère commença.

— Mercedes Gray Leonine, ne t'ai-je pas dit que tu ne dois pas monter dans la voiture d'un inconnu ?

— Non, jamais. L'occasion ne s'est pas présentée.

Il y eut un silence, puis sa mère reprit.

— A-t-il les yeux aussi bleus que sur la photo ?

— Oh oui !

— Certaines personnes t'accorderaient une circonstance atténuante, alors. Pas moi, tu le sais.

Sa mère avait passé beaucoup de temps à lui répéter de ne pas se fier à l'apparence des gens. Surtout celle des hommes. Plus ils étaient charmants, charmeurs et beaux parleurs, plus il fallait les fuir.

Était-ce du défi envers sa mère ? À New York, elle s'était amourachée de son coach en art dramatique – un homme âgé, séduisant et inconséquent – pour, finalement, admettre que sa mère avait raison.

Ce qui l'avait ramenée à Hugo. L'homme de sa vie, et de la vie de sa mère, qui était l'exception qui confirmait la règle.

— Et maintenant Hugo me dit que tu vis avec cet homme ?

— Je ne vis pas avec lui. Je suis chez lui, dans la chambre d'amis. Il est étonnant, tu sais… La situation le laisse de marbre.

À l'entendre, on aurait dit qu'elle parlait d'un vieil oncle sénile !

— C'est plus simple comme ça, ajouta-t-elle.

— Hum. Il est beau ? demanda sa mère. Parce que, si la photo est fidèle, tu ferais bien de te méfier.

— Maman. Si on parlait d'autre chose ? Hier, je me suis sauvée au moment d'épouser un prince, et je pensais que tu voudrais me faire tes commentaires. Autre chose : j'ai appris que tu avais démissionné et que tu n'étais plus au palais. Tu aimerais peut-être avoir mon opinion ?

— Pas vraiment.

Sadie se tourna sur le dos et se mit à battre l'air avec ses jambes…

— J'ai réfléchi, dit-elle soudain.

— À quoi ?

— À mon père.

Sujet peu réjouissant.

— Ah oui ? répondit sa mère au bout de quelques secondes.

— À nos ressemblances.

— C'est vrai, tu as ses yeux.

— Non, je veux parler du fait que lui aussi s'est volatilisé.

— Oh ! ma chérie ! Tu es exigeante, c'est tout. Tu ne te

laisses pas marcher sur les pieds. Tu n'es pas influençable. Mais tu sais mettre les gens à l'aise.

— Je le sais quand on me mène en bateau.

— Tu es bien ma fille ! Une main de fer dans un gant de velours. On ne peut être gentil qu'à cette condition.

— Exactement, maman.

Elle se tourna sur le côté, suivit les yeux le rayon de lune sur le parquet.

— Dis-moi. C'est vrai que tu n'habites plus au château ?

— Oui, c'est vrai. J'ai déménagé dans un petit cottage en bordure de la propriété. Marguerite le gardait pour moi. Il y a une chambre pour toi, ma princesse. Si tu veux.

Sadie se leva et alla à la fenêtre. Dehors, tout était gris. Après une enfance à la campagne, elle avait rêvé de la ville, d'une grande ville, avec des théâtres, des cafés, des cinémas, et des gens partout qui l'ignoreraient. Qui ne scruteraient pas le moindre de ses gestes. Elle avait rêvé d'anonymat.

À New York, ça n'avait pas marché. À Londres, elle tenait peut-être une seconde chance.

— Merci, maman. Dès que j'ai pris ma décision, je te rappelle. Dans tous les cas, je te tiens au courant.

Son téléphone s'éteignit. Elle n'avait plus de batterie.

Elle se retourna.

Elle avait soif. Et faim.

Il était tôt. Elle revint s'allonger, mais elle avait encore besoin de se dégourdir les jambes. Ou de regarder la télévision. « Tu as un livre dans ton sac », lui avait dit Hugo. Non… Pas envie de lecture. La couette glissa du lit. Elle se baissa pour la remonter, se releva et… se trouva presque nez à nez avec Will.

Il était arrêté dans le couloir, une tasse de café à la main.

Un T-shirt très blanc lui moulait la poitrine, et il portait un pantalon de pyjama gris. Il était pieds nus.

Un rayon de lune lui barrait le visage. Il s'était rasé et paraissait plus jeune ainsi. « Propre comme un sou neuf », aurait dit sa mère. Rien qui dépassait. Une statue. Sauf que l'éclat de ses yeux disait bien qu'il n'était pas de pierre…

— Je ne me rappelais pas qu'il y avait ça dans le placard, déclara-t-il.

Elle suivit son regard. C'était sa chemise de nuit qui l'intriguait.

— Non, c'était dans le sac que ma mère t'a donné pour moi.

— Tu penses qu'elle veut que tu t'installes avec elle pour de bon ?

Elle éclata de rire.

— Pas impossible…

Pour un homme qui offrait l'apparence de la dureté, il avait un cœur. Une humanité. Il sentait les choses. Il était comme son pied-à-terre : étrange, froid et impressionnant à l'extérieur, mais chaleureux dedans.

— As-tu besoin de quelque chose ? lui demanda-t-il de sa voix grave qui lui donnait la chair de poule.

Peut-être. Peut-être que ce dont elle avait besoin se trouvait juste devant elle.

Non. Ne sois pas ridicule. Tu n'as pas besoin de Will. Tu as pris l'habitude de l'avoir près de toi. Tu aimes l'avoir près de toi et tu aimerais l'avoir encore plus près.

Mais quelle idée ! C'était l'ami d'Hugo. Et il était accro au travail. Alors qu'il appréciait l'abstraction, l'analyse, elle, elle préférait le concret, l'émotion. Elle avait besoin de sécurité, et cette sécurité elle la trouverait chez sa mère si tout autour d'elle s'écroulait. Pour lui, sa maison ne représentait rien, c'était juste un endroit où dormir.

Si elle se fixait un jour, il lui faudrait quelqu'un de stable. Quelqu'un qui lui permettrait de garder les pieds sur terre, quelqu'un de fiable. Quelqu'un qui ne soit pas comme son père. Ni comme elle.

Il lui fallait quelqu'un de différent.

Mais c'était lui qu'elle désirait. Will…

Comme il s'approchait, elle remonta la couette sur elle.

— Tu as faim ? On pourrait aller dîner dehors. Non… Mauvaise idée. Je vais plutôt faire livrer. Je vais appeler Natalie pour lui demander de commander.

Sadie hocha la tête.

— Non.

— Tu préfères lire ? J'ai des pièces de théâtre dans la bibliothèque. C'est drôle, je viens juste de me rappeler que Claire en lisait, le soir, pour s'endormir.

C'était drôle qu'il puisse prononcer de nom de Claire sans avoir, pour une fois, l'air totalement démoli.

Drôle qu'il ait si bien compris qu'elle adorait les mots.

Mais pas drôle que tout cela la bouleverse.

— La maison était pleine de livres quand je l'ai achetée. Je sais qu'il y a tout Shakespeare sur une étagère.

La lune, peut-être ? Ou le fait qu'il soit l'homme qui faisait allusion à Shakespeare, son dramaturge préféré… Sadie jeta la couette par terre, attrapa Will par son T-shirt, se hissa sur la pointe des pieds et l'embrassa.

Le temps sembla s'arrêter. Elle avait happé ses lèvres et les dévorait. Et elle le tenait serré contre elle, pour être sûre qu'il ne s'échappe pas. Il semblait sidéré, et c'est sans doute pour cela qu'il ne lui rendait pas ses baisers…

Elle battit des paupières, recula. Elle savait qu'elle n'avait pas mal interprété les signes, et pourtant, brusquement, l'envie de le lâcher, de reculer, de s'excuser, de plaisanter, de faire comme s'il ne s'était rien passé, de se sauver, la submergea.

Mais son désir, plus fort que tout, la retint.

Elle serra le T-shirt encore plus fort, le déchirant presque. Et, là, il perdit pied.

— Will ?

Il la prit par la taille, la serra brutalement contre lui. Sans qu'elle puisse réagir, il posa sa bouche sur la sienne. Il ne l'embrassait pas, il la dévorait lui aussi comme s'il n'y avait pas de lendemain. Ce n'étaient pas des baisers, c'était de la passion, de la rage, de la folie. C'était un rêve. Elle ne pensait plus, n'était plus elle-même.

Emportée par l'ardeur qu'il lui communiquait, elle empoigna ses épaules, enfonça les ongles dans sa chair, avant de glisser les doigts sur son cou, dans ses cheveux.

Et refoula les pleurs qui affleuraient.

Comprit-il qu'elle allait fondre en larmes ? Qu'elle allait s'effondrer ? Il passa un bras sous ses genoux et la souleva, puis la lâcha au-dessus du lit, sur lequel elle rebondit dans un rire.

Il se posta alors au pied du lit, et ne bougea plus. Un rayon de lune éclairait son visage d'une lumière argentée. Il était sérieux.

Préoccupée par son air grave, elle lui posa la question qui lui brûlait les lèvres.

— Et maintenant, Will ? Que fait-on ?

— Il faut vraiment que je te le dise ?

— Tu sais ce que je veux dire. Nous… Ce qui vient de se passer… Ce n'est qu'une réaction au stress de ces deux jours, c'est ça, tu es d'accord ?

Pas de réponse.

Elle connaissait le langage du corps, aussi subtil soit-il. Celui de Will parlait pour lui.

Il la regarda, toujours intéressé, semblait-il, par sa chemise de nuit. Il la désirait, cela ne faisait aucun doute. Tout comme son corps, son regard le trahissait.

— Je n'ai jamais éprouvé d'intérêt pour ce qui est normal, dit-il. Surtout quand je sais qu'on peut atteindre beaucoup mieux.

— Les étoiles ? suggéra-t-elle en riant.

Il sourit, de ce sourire adorable et sexy qui animait la charmante fossette qu'il avait près de la bouche.

Il grimpa sur le lit et releva le bas de la chemise de nuit qu'elle portait, pour lui caresser la cheville. Puis il remonta tout doucement le long de sa jambe, effleura son mollet. Quand il toucha le creux de son genou, elle sursauta.

— Oh !

Et il continua, lui caressant les hanches, le buste. Avec des gestes lents, comme pour la faire souffrir.

Les nerfs à fleur de peau, elle empoigna son T-shirt et l'attira à elle. Mais il la repoussa doucement et elle attrapa le bas de sa chemise de nuit, qu'elle passa par-dessus sa tête, puis envoya valser dans la chambre…

Will la serra très fort contre lui, comme s'il ne voulait plus la lâcher.

Terrain miné, pensa-t-il dans un éclair de conscience.

Les sentiments n'étaient pas son fort. Pour lui, sentiment rimait avec égarement.

Elle chercha ses yeux.

— Rien ne sera plus comme avant, si ? dit-elle.

Il lissa ses cheveux et lui embrassa le front, le menton, avant de plonger son regard dans le sien.

— Rien n'est jamais comme avant…

Il s'allongea alors sur elle, prit sa bouche et la goûta,

doucement, puis il l'embrassa avec force, lui volant son souffle et l'entraînant dans un monde où rien n'importait plus que l'instant présent, et le plaisir qu'ils se donnaient l'un à l'autre.

9.

Will se réveilla tard. Tard pour quoi ? Il n'aurait su le dire.

Il entendit Sadie remuer et marmonner dans son demi-sommeil. Elle était enroulée entre les draps et ses cheveux défaits lui couvraient le visage.

Elle se tourna sur le ventre. L'envie de la rejoindre lui brûla les reins. Caresser ses cheveux, effleurer son dos et le couvrir de baisers, la voir sourire, tout cela constituait dorénavant un besoin. Vital.

La sentir s'ouvrir à lui. Faire taire ses gémissements par ses baisers. Voir ses yeux se voiler de désir. La regarder retomber, haletante et comblée… De tout cela, il craignait de ne plus pouvoir se passer.

Hélas, il était à Londres. On était lundi et il avait du travail !

Il se leva et ramassa la chemise de nuit de Sadie. Il s'apprêtait à la plier quand il s'arrêta et la posa au bord du lit. Il s'éloigna et se retourna sur le pas de la porte.

Il lui offrirait le gîte et le couvert aussi longtemps qu'elle en aurait besoin. Mais il ne se priverait pas, pour autant, de vaquer à ses occupations. Maintenant qu'il avait levé les obstacles qui le bloquaient depuis des années dans sa vie sentimentale, il n'était pas question qu'il renonce à sa liberté.

Pour la première fois depuis longtemps, Sadie se sentait bien. Elle se sentait elle-même.

C'était peut-être le jean que sa mère avait glissé dans le sac, dans lequel elle se sentait revivre. Usé aux genoux, doux sur la peau, moderne, quoi ! Elle portait également un top XXXL, un foulard léopard, et elle était heureuse.

C'était peut-être aussi le café serré qu'elle venait de prendre.

Ou, qui sait, la nuit qu'elle venait de passer avec Will.

Elle ne s'y attendait pas. Certes, ce qui était arrivé était inévitable, mais il s'était révélé un amant tendre. Attentionné. Amoureux ?

Entre ses bras, il l'avait soumise à un délicieux supplice. À tel point qu'elle l'avait supplié d'y mettre fin. Pourtant, elle était prête à recommencer, toutes les nuits.

Quand elle rouvrit les yeux, le soleil était levé.

Vite, un café !

Sa tasse à la main, elle se promena dans « l'usine » où il vivait. La lumière matinale ne réchauffait pas la froideur du lieu. Une froideur à son image ?

Cette nuit, pourtant, quand il l'avait caressée, elle avait senti la passion chez cet homme qui l'avait tenue serrée contre lui jusqu'à ce qu'ils s'endorment, enlacés et heureux.

Il devait y avoir quelque part, dans cette « maison », des preuves de sa tendresse.

Elle continua la visite.

La cuisine était vide.

Sur son bureau, pas un crayon ne traînait.

Comme un marin prêt à lever l'ancre à tout moment, il ne laissait rien derrière lui.

Quel traumatisme pouvait amener un homme à choisir de vivre seul ?

Les quelques fois où elle avait souhaité parler de son

père avec sa mère, celle-ci avait reconnu qu'elle était tombée amoureuse de sa joie de vivre, de son ardeur, de son élégance et de sa beauté. Ce qu'elle n'avait pas imaginé, parce qu'elle était aveuglée par ce charmeur, c'était qu'il se volatiliserait comme il l'avait fait.

Elle continua son tour du propriétaire, et arriva dans la bibliothèque.

Là, elle découvrit des milliers de livres.

Attirée par le dos brillant de l'un d'eux, elle le sortit de l'étagère.

— *Qu'est-ce que la célébrité ?* par le Dr Will Darcy, lut-elle tout haut.

Sur la première page, une dédicace : *À Claire.*

Elle le feuilleta rapidement. C'était très technique. Des graphiques, des chiffres…

Elle le reposa et en regarda d'autres. Toute l'œuvre de Shakespeare était là, annotée. Des notes dans les marges ? Quelqu'un avait lu ces ouvrages. Donc quelqu'un avait vécu ici. C'était le signe qu'elle cherchait.

Un bout de papier tomba du livre. Un reçu qui servait de marque-page. Il était daté. Will habitait déjà là quand ce livre avait été acheté, ce qui signifiait que c'était lui, le lecteur.

Elle serra le livre sur son cœur. Que cherchait-elle au juste ? À se faire mal ? Ce n'était pas parce qu'elle avait eu un aperçu de la nature profonde – secrète – de cet homme qu'elle devait continuer à creuser. Le connaître plus, le comprendre mieux lui apporterait quoi ?

Ce qu'elle désirait ?

Non. *Ne t'aventure pas sur ce terrain-là…*

Will lui avait fait remarquer qu'elle avait un certain don pour se saborder.

Avant que quelqu'un d'autre ne s'en charge ?

Il faisait nuit depuis longtemps quand Will rentra, après une journée chargée. Déterminé à se remettre vite sur les rails, il avait passé plusieurs coups de fil, rédigé des rapports, discuté avec les designers de *La Nébuleuse Orion*, son jeu, et réfléchi à son déplacement au Royal Observatory.

Quant à Natalie, elle lui en voulait d'être si secret sur sa vie privée.

Dès l'entrée dans son loft, un air de jazz le surprit. Il avança. Des odeurs de bons petits plats. Il n'était pas habitué à être accueilli par de la musique, ni par des fumets délicieux. Curieux, il alla à la cuisine. En tablier, Sadie officiait en chantonnant.

— Ah ! Te voilà ! s'exclama-t-elle en le voyant.

C'était tellement inattendu qu'il en lâcha son attaché-case. Elle éclata de rire.

— Entre, et assieds-toi. Tu pourrais peut-être sourire. Je t'ai préparé un repas pour te remercier de ton accueil !

Éberlué, il posa sa serviette en cuir sur le canapé et revint vers elle.

— Où as-tu trouvé tout ça ?

— Dans les placards, et j'ai fait livrer ce qu'il manquait.

Elle avait mis le couvert, sans oublier les verres, qui attendaient d'être remplis. Elle était en chaussettes… qui, il l'aurait juré, étaient à lui ! Le négligé lui allait bien, il ne l'avait jamais trouvée aussi attirante.

— Je pensais que…

— … que je vivais comme une princesse ? Non, mais j'ai appris des choses au palais. À New York, je partageais un petit studio avec trois autres actrices dans le besoin. Elles s'asseyaient dans des restaurants près de clients attablés et, dès qu'ils partaient, elles se jetaient sur leurs restes. Moi, je n'ai jamais pu le faire, car je travaillais dans des hôtels.

— Tu as vécu à New York ?

— Oui, quelques années. Pour le théâtre. Pourquoi, je fais provinciale à ce point ?

— Oui.

Elle rit. Son rire, joyeux, résonna dans l'espace généreux de la cuisine. En l'entendant, Will s'imagina soudain, rentrant chez lui le soir, pas pour la nourriture – encore que, à cet instant, les bonnes odeurs le faisaient saliver – mais pour cette femme, son sourire, son effronterie et son optimisme.

Il haussa les épaules. Il était tellement décalé, déconnecté, ailleurs, qu'il se rendit compte qu'il la connaissait à peine, et n'en avait conscience que maintenant.

C'était sa faute. Travail ou pas, il n'aurait pas dû s'en aller comme ça, sans reparler de ce qui s'était passé entre eux cette nuit.

Il ne lui restait qu'à le faire maintenant.

D'abord, il voulait boire un grand verre d'eau. Il se tourna pour se servir quand il vit son livre, ouvert près du réfrigérateur. Elle avait marqué des pages avec de l'essuie-tout et mis des points d'interrogation devant des lignes qu'elle avait soulignées.

— Tu lis mon livre ?

— Tu lis Shakespeare. On est à égalité ! Tu as faim ?

— Je meurs de faim.

Elle servit deux assiettes de soupe.

— Voilà.

Will sourit et se frotta le cou. Il semblait perplexe.

— Qu'est-ce que tu as ? Personne ne t'a jamais fait de soupe ?

— Si, ma grand-mère. Et la maison sentait aussi bon qu'aujourd'hui.

— Alors régale-toi !

Elle fronça les sourcils.

— Pourquoi ta grand-mère ? C'est elle qui t'a élevé ? Tes parents n'étaient pas là ?

— Non. Ils sont morts quand j'avais cinq ans.

— Oh ! Je ne m'imagine pas sans ma mère, qui n'est pourtant pas facile. C'est pour cela que tu ne dis jamais « à la maison » mais « chez ma grand-mère » ?

— Même chose pour toi. Tu ne dis jamais « à la maison » mais « au palais ».

— Ah ? Je ne m'en rends même pas compte.

Il regarda Sadie, puis s'approcha d'elle.

— Cela fait longtemps que je n'ai pas senti ce genre d'odeurs.

— Parce que tu es toujours par monts et par vaux. Sur le départ. Avec ton télescope.

Il sourit. Il s'était rarement senti aussi bien.

— En fait, je ne peux pas rester plus d'un mois quelque part. C'est comme si le sol me brûlait les pieds ! Quand je sens que mon efficacité n'est plus au top, je pars. Je fais la même chose avec mes relations.

— Si je comprends bien, au lieu de te laisser vivre, tu te mets la pression ?

— J'aime la pression. Je vis pour cela. C'est là que je trouve mon bonheur.

— C'est un message que tu m'adresses ?

Il s'approcha d'elle, à tel point qu'il toucha le bout de ses chaussettes. Elle ne chercha pas à dégager ses orteils mais croisa les bras.

— Sadie, depuis que tu es entrée dans ma vie, je ne sais plus ce que je fais.

Il la prit par le cou et passa la main dans ses cheveux.

— Attends, murmura-t-elle. Qu'est-ce qu'on fait ?

— Encore une fois, faut-il que je te dise que…

— Oui, Will.

C'était le moment idéal pour lui parler… Mais, au lieu de cela, il se pencha vers elle et prit ses lèvres. Elle ne résista pas et glissa les mains sur sa poitrine en se lovant contre lui.

Encouragé, il la serra encore plus fort, si fort qu'il la souleva de terre. Il l'assit sur le banc qui se trouvait là et sourit. Un sourire charmeur. Irrésistible. Ce sourire qui la faisait fondre chaque fois qu'il se détendait.

C'était à ça qu'il avait pensé toute la journée. Rentrer chez lui, le soir, et trouver cette atmosphère de tendresse qu'il avait tout fait, jusqu'alors, pour éviter. C'était une pensée, un bonheur nouveau qu'il entrevoyait mais qui l'effrayait.

Elle recula assez pour faire glisser sa veste de ses épaules et la laissa tomber par terre.

— Tu as une mauvaise influence sur moi, murmura-t-il avant de reprendre ses lèvres.

Mais elle le poussa et commença à défaire les boutons de sa chemise, l'un après l'autre, sans se presser, et bientôt la chemise alla rejoindre la veste.

Puis elle le toucha avec tant de délicatesse qu'il sentit qu'il n'allait pas pouvoir résister… Il allait craquer.

Elle effleura sa bouche, encore et encore, avec ses doigts d'abord, puis avec ses lèvres. Puis elle approcha son visage du sien.

Il avait superbement réussi dans la vie, avait accumulé les succès, mais il n'avait jamais vraiment vécu. Jusqu'à cette seconde, il l'ignorait.

Un monde nouveau s'offrait à lui.

Il caressa les cheveux de Sadie, et, comme elle gémissait, il la fit taire d'un baiser. Son univers bascula quand il l'empoigna par les hanches, la souleva dans ses bras et s'engagea dans l'escalier, oubliant le potage qui refroidissait sur le comptoir.

— Tu n'as pas de manteau plus chaud ?

Sadie leva les yeux de sa tasse de café et vit Will. Il rentrait plus tôt que d'habitude.

— Non.

Il dévala l'escalier, alla dans sa chambre et remonta avec le jogging noir qu'elle connaissait.

— Et maintenant, Will, on fait quoi ?

— Maintenant, on sort.

— Pas possible. Quelqu'un risque de te voir.

— Ils m'ont déjà vu.

— Oui, mais pas avec moi.

— Ne te préoccupe pas de ça.

Il la regarda, et elle comprit alors ce que seules les femmes comprennent.

Will Darcy avait décidé de se montrer en sa compagnie. Pas pour toujours. Ce mot, pour lui, n'existait pas. Mais aujourd'hui, maintenant, pour quelques jours, quelques mois… Qui sait ? Pour lui, c'était déjà beaucoup.

— Tu es sûr de ce que tu fais ? demanda-t-elle.

Il lui prit la main et la serra dans ses bras.

— J'ai appelé notre ami, le prince, ce matin.

— Oh ! Et que lui as-tu dit ?

Il lissa la ride qui creusait son front.

— Je lui ai fait un rapport bref et édulcoré de ton séjour. Il m'a demandé si le potage était bon, et j'ai changé de sujet.

Elle s'esclaffa.

— Nous avons parlé d'une foule de choses et sommes tombés d'accord sur la plupart. Premièrement, que le temps du deuil est terminé. Les photos de nous sont authentiques, et il est temps de faire ce que nous voulons de notre vie.

— Le palais ne va pas du tout aimer ça.

— Le palais pense ce qu'il veut. Je n'ai jamais suivi les règles. Enfant, déjà, je cherchais la bagarre. Je n'étais pas du genre à me cacher, je ne vais pas commencer maintenant. Alors, que dis-tu ?

Elle était incapable de parler, occupée qu'elle était à y voir clair. Allait-elle pleurer, hurler, faire demi-tour ? Le mieux pour elle était de s'enfuir.

Mais au lieu de se sauver, elle lui prit le bras.

Dehors, il faisait très beau et très froid. L'hiver s'annonçait.

Elle prit sa respiration.

— On attend la voiture ?

— Je pensais qu'on pouvait marcher.

Et ils partirent. Au bout de la rue, il y avait du monde. Des touristes. Des gens du cru. Des badauds, des travailleurs. Une foule bruyante, frénétique. Devant cette agitation et tous ces gens, Sadie paniqua, baissant les yeux lorsque quelqu'un la regardait. En réalité, personne ne s'intéressait à elle. C'était Will qui attirait tous les regards.

— Alors, qu'en penses-tu ? reprit Will.

Elle sourit et suivit son regard. De l'autre côté de la rue, devant un bâtiment de style Tudor, le Globe Theater – c'était inscrit au fronton –, il y avait un attroupement.

Will sortit deux billets de sa poche et les lui montra. Deux billets pour assister à la pièce de Shakespeare qui se jouait ce soir.

— Ça te plaît ?

Émue, elle resta sans voix – il ne pouvait pas lui faire plus plaisir. Ils entrèrent, une hôtesse leur désigna leurs fauteuils et bientôt le rideau se leva.

Au fil des scènes, sans qu'elle s'en rende compte, elle se pencha vers lui, sur le côté, jusqu'à se retrouver la tête contre son épaule. Elle prit alors sa main et ne la lâcha plus.

C'était une des rares fois où il n'était pas allé à son bureau. Mais cela en valait la peine. Il avait suivi la pièce de théâtre, évidemment, mais avait trouvé la présence de Sadie plus passionnante encore : l'éclat de ses yeux, son émerveillement, son enthousiasme… Elle le faisait penser à une personne débarquant sur Terre pour la première fois.

Elle sautait de joie en quittant le théâtre.

— C'était étonnant. Formidable ! Cela faisait longtemps que je n'avais rien vu de Shakespeare. Pour moi, je te l'ai déjà dit, c'est le plus grand dramaturge de tous les temps. Je te remercie mille fois.

Elle se jeta à son cou et l'embrassa sur la joue.

— Maintenant, je vais voir ce qu'ils ont comme cadeaux.

— Vas-y. Pendant ce temps, je regarde si j'ai des messages.

Décidant qu'il serait plus rapide de téléphoner à Natalie, il l'appela.

— Natalie, pardon de vous déranger à cette heure tardive, quelque chose d'important pour moi ?

— Vous n'avez pas regardé vos messages ? J'ai eu l'assistante du Premier ministre. Il avait un créneau ce soir, mais c'est trop tard. C'était à 19 heures, et il est déjà…

— Donnez-moi son numéro.

— Je vous dis qu'il est parti, Will. J'ai essayé, mais son vol…

Will laissa échapper un juron.

— Merci d'avoir essayé, Natalie.

— J'aurais bien aimé que ça marche.

— Ce n'est pas votre faute. Je suis entièrement responsable.

Sadie sortit de la boutique et vint le rejoindre.

— On dirait que quelque chose ne va pas, Will. Tu fais une de ces têtes ! Qu'est-ce qui se passe ?

— Rien. Un problème au bureau.

Sadie lui prit le bras.

— Parle-moi, Will. Je peux peut-être t'aider.

Elle le regarda. Son visage était sombre. Des rides barraient son front et il ne souriait pas.

— J'ai dû te parler de ce vieux professeur qui est mort au début de l'année, et pour lequel j'avais beaucoup d'admiration. Grâce à lui, notre vieille université recevait une bourse tous les ans. Il était prévu qu'à sa mort cela s'arrête. Mais le succès de la recherche en astronomie, dans notre pays, dépend de ces subsides. Je voulais donc en parler avec le Premier ministre. Il pouvait me recevoir en début de soirée, mais je ne l'ai pas su. C'était à l'heure à laquelle commençait la pièce de théâtre…

— Ça ne peut pas être remis à plus tard ? Va frapper à sa porte.

— Mes travaux, ma réussite, ma réputation m'ouvrent des portes, mais ce soir c'était ma dernière chance d'honorer un homme grâce auquel tout a été possible. J'ai loupé le coche. Bêtement. Je m'en veux.

Sa colère rentrée toucha Sadie. C'était à cause d'elle. De son fichu amour pour Shakespeare.

— C'est ma faute, dit-elle, la gorge sèche.

— Non, c'est la mienne.

— Est-ce que je peux faire quelque chose ?

Elle croisa les bras dans l'espoir de calmer les tremblements qui la secouaient.

— Non.

Il recula d'un pas.

— Je ne veux pas en rester là. Il faut que j'essaie d'arranger ça. Tu m'en voudras si je m'éclipse dans mon bureau ?

— Non, vas-y ! Je n'ai besoin de personne pour s'occuper de moi.

— Merci, Sadie. Merci.

Il grimpa les marches qui menaient à son bureau et s'y enferma.

Le cœur à l'envers, les larmes aux yeux, elle plaqua la main sur sa bouche pour ne pas crier.

Elle était amoureuse. Elle en était sûre.

Bouleversée, elle fila dans sa chambre et, là, sans bruit mais bien décidée, fit ses bagages.

Elle enleva la veste de Will et la posa sur le dossier de la chaise. Elle refit le lit et passa un chiffon de papier sur les meubles. Elle ne s'était jamais sentie aussi heureuse qu'avec lui, mais il fallait qu'elle parte. Elle devait le faire. Pour lui.

Après un dernier regard à la chambre, elle sortit pour aller dire au revoir à Will dans son bureau. Il était au téléphone, des piles de documents sur sa table.

— Sadie, s'il te plaît, donne-moi dix minutes, dit-il en mettant la main sur son micro.

Elle remonta la bandoulière de son sac sur son épaule.

— J'ai appelé un taxi. Il sera là dans dix minutes.

Il se passa la main sur le visage, puis raccrocha à la hâte et la rejoignit.

— Pourquoi pars-tu maintenant ? dit-il, se plantant devant elle. Tu penses vraiment que c'est le moment ?

— Oui. Il est plus que temps et tu le sais très bien.

Les mains sur les hanches, il regarda par-dessus son épaule, au loin, tout en réfléchissant.

— Je ne suis pas indifférent, Sadie. Je ne suis pas Hugo.

— Heureuse de te l'entendre dire !

Elle avait envie de lui expliquer pourquoi elle partait. De lui dire qu'elle aimait sa force, son courage. Qu'elle aimait son obstination et même son goût pour la solitude.

Qu'elle l'aimait, lui.

— Tu as été incroyable, Will. Un grand ami pour

Hugo. Un grand ami pour moi. Tu m'as accueillie quand j'en avais le plus besoin. Tu as beaucoup fait pour nous. Trop, même. Ça suffit, maintenant.

Elle essaya de mettre des mots sur ce qu'elle ressentait, des mots qu'il comprendrait. *Rien ne dure jamais.* Mais ils ne franchirent pas ses lèvres. Mon Dieu ! Comme elle avait mal !

Alors, au lieu de chercher à tout prix à parler, elle se pencha vers lui et l'embrassa sur la joue. Mais ce n'était pas assez. Prenant son menton dans sa main, elle tourna son visage vers elle pour prendre ses lèvres. Déçu, vexé, frustré – malheureux –, Will se cabra, résista.

Pas longtemps.

Brusquement, il happa sa bouche.

Venant d'un autre homme, ce baiser lui aurait déplu. Elle aurait repoussé cet assaut. Mais Will n'était pas un homme ordinaire. Il était droit, sincère. Si elle avait dû parier, elle aurait parié qu'il voulait lui faire comprendre qu'il l'aimait.

L'heure n'était pas aux paris. Mais aux adieux.

Alors elle recula, et le remercia une fois de plus.

— Merci pour tout, Will.

Il ne dit rien. Ne fit rien. Pas un mot, pas un geste. Ni au revoir ni signe de tête. Mais il avait l'air dépité. Détruit.

Cette image la poursuivit jusque dans l'escalier, et dans la voiture qui l'attendait pour l'emmener à l'aéroport.

Là, on la reconnaîtrait sans doute, mais elle avait sa fierté et garderait la tête haute. Il n'empêche, elle se sauvait pour la deuxième fois, et cette fois ce n'était pas par peur mais à cause d'un chagrin d'amour.

Les yeux débordants de larmes, elle se dit que, pour la première fois de sa vie, elle avait fait ce qu'elle devait faire.

10.

Sadie gara sa voiture sous un arbre et traversa la pelouse par laquelle elle avait fui quelques jours plus tôt.

Le bas de son jean était mouillé, l'herbe, trempée. Elle s'arrêta pour regarder la façade du palais et continua jusqu'à l'antichambre.

Dire qu'elle avait grandi ici ! Aujourd'hui, ce palais ne signifiait plus rien pour elle. Ce n'était plus « chez elle ».

Soucieuse de ne croiser personne, elle avança, courbée en deux, vers la fenêtre par laquelle elle s'était sauvée. Par chance, celle-ci s'ouvrit, et elle se retrouva dans son environnement familier. Toute trace du mariage avait été effacée.

Après s'être assurée que la voie était libre, elle prit un plaid dans la bibliothèque et monta dans la tour la plus haute, où elle aimait à se réfugier. Au loin, les sommets des montagnes étaient couverts de neige mais, à leur pied, l'herbe était verte et grasse, ponctuée de taches blanches – des moutons. Les villages semblaient assoupis dans la vallée.

Elle frissonna et enroula le plaid autour de ses jambes. Sa vie avait changé. Elle avait grandi, affronté ses démons, et s'était regardée en face. Et elle savait le bonheur et le malheur d'être amoureuse.

— Bonjour.

Elle sécha ses joues et se retourna.

— Le préposé aux drapeaux est le seul à avoir la clé d'ici.

— Oh ! Hugo ! C'est toi !

Il s'approcha, s'assit près d'elle et pesta contre le froid glacial qui régnait là-haut.

— J'ai des contacts, dit-elle.

Elle lui proposa un coin de son plaid, mais il refusa.

Assis en silence, ils regardèrent Vallemont comme ils l'avaient fait des millions de fois.

— Comment as-tu su que j'étais là ?

— Tout le palais t'a vue ! Moi, je croyais que tu étais toujours à Londres. Et que tu allais y rester un certain temps…

— Non, tu vois. C'est ici, chez moi.

Elle plia les jambes, les entoura de ses bras et posa le menton sur ses genoux.

— Si je n'étais pas partie, Hugo, tu serais allé jusqu'au bout ? Tu m'aurais épousée ?

— Bien sûr.

— Bien que tu ne m'aimes pas et que tu ne m'aies jamais aimée ?

— Mais si, je…

— Non, Hugo. As-tu un coup au cœur chaque fois que tu me vois ? Es-tu malheureux quand nous sommes séparés ?

Son silence répondit pour lui.

— Dis-toi que tu as de la chance que l'un de nous ait eu l'intelligence de partir.

Il opina.

— Tu as raison. Mais, dis-moi, où as-tu appris à décrypter les sentiments comme tu viens de le faire ? Tu n'aurais jamais fait ça, auparavant. C'est récent.

— Laisse tomber, Hugo.

— Non. Pourquoi n'es-tu pas à Londres, Sadie ?

Aïe ! Si elle avait pu se cacher sous la couverture ou disparaître six pieds sous terre, elle l'aurait fait. Mais cela aurait ressemblé à l'ancienne Sadie, à la Sadie qui riait de tout et faisait le clown pour échapper aux questions embarrassantes.

Pourquoi n'était-elle pas à Londres ? Quoi qu'il en coûte, elle allait le lui dire, car la nouvelle Sadie ne craignait plus de dire la vérité.

La vérité était que, physiquement, elle n'était peut-être pas là-bas, mais que son cœur y était. Sa tête aussi. Et qu'elle ne resterait sûrement pas ici, les bras ballants, sans rien faire. Sans y remédier.

Elle se leva et lança le plaid à Hugo.

— Allez, viens, on a des choses à faire !

Une semaine plus tard

Assis devant son ordinateur, Will avait les yeux dans le vague. Les phrases qu'il essayait d'écrire flottaient devant ses yeux. Il n'y avait pas de wi-fi dans le café de ce petit village. Pas de réseau et une réception téléphonique très mauvaise. Mais il avait, professionnellement, connu l'une des plus brillantes semaines de sa carrière.

Il avait reçu une offre d'achat pour son jeu *La Nébuleuse Orion*, qu'il avait vendu, triplant en une nuit son investissement de départ.

On lui avait offert la présidence de la future Commission européenne pour l'espace.

Il était au Chili quand, pendant quelques secondes, un réseau de radiotélescopes avait capté un son dans l'espace émanant de la ceinture d'Orion.

Mieux que tout, un bienfaiteur anonyme avait doté le fonds Templeton, pour cinq ans, d'une confortable somme.

Natalie avait réussi à établir le contact avec le Premier ministre, qui avait accepté d'unir ses forces aux siennes et promis d'annoncer cette nouvelle lors du World Science Symposium qui devait avoir lieu plus tard dans l'année.

Indifférent, finalement, à toutes ces bonnes nouvelles, il décrocha son téléphone, qui sonnait.

— Darcy, dit-il sans même jeter un regard à son écran.

— Où es-tu ?

C'était Hugo. Surpris, Will sursauta, manquant renverser son verre de bière…

— Tout va bien ? Elle va bien ? s'inquiéta-t-il.

Hugo rit.

— Autant que je sache, elle va bien.

— Comment cela ? Elle n'est pas avec toi ?

— Évidemment que non, idiot ! En fait… Comment dire… C'est avec toi qu'elle devrait être.

Will prit le feuillet qu'il avait sous les yeux et le froissa nerveusement.

— Tu ne sais pas ce que tu dis.

— Je suis bien élevé. J'ai vu le monde. Et je suis prince. Je ne me trompe jamais.

C'était tellement peu le genre d'Hugo de se prévaloir de son titre de prince que Will pouffa de rire.

— Elle est partie de son plein gré, fit remarquer Will.

— Lui avais-tu demandé de rester ?

— Tu la connais comme moi. Elle ne fait que ce qu'elle veut. Elle est têtue.

Et joyeuse, sentimentale, intelligente, infatigable, adorable et chaleureuse.

— Je crois que je le sais.

Will froissa une deuxième feuille de papier.

— Je ne t'ai jamais vu aussi détendu que lorsque tu es avec elle, reprit Hugo. Elle est ce qui pouvait t'arriver de mieux, mon ami. Pourquoi l'as-tu laissée partir ?

Will connaissait Hugo. Il cherchait à le faire réagir.

— Pour qu'elle te rejoigne, souffla Will.

Hugo rit au bout du fil.

— Bon, où es-tu ?

Il leva les yeux de son portable. Sur le mur écaillé, devant lui, il y avait le portrait encadré du prince de Vallemont. Et, accrochés au bar, des torchons aux armes rose et or de la principauté.

— Dans un pub.

— Seul ?

Seul. Pour la première fois de sa vie, ce mot – cette solitude dont il se réclamait et qui faisait sa force, et sa fierté – sonna comme un glas.

— Oui, je suis seul. J'ai eu envie de me dégourdir les jambes.

En allant à Vallemont. Dans un petit pub. Avec vue sur les cottages au toit de chaume et une tour branlante…

— J'ai beaucoup de boulot. Tu m'appelles pour quoi ?

— Va sur la chaîne Vallemont, la quatre, à 17 heures. Ne me demande pas pourquoi. Regarde et tu sauras.

Pianotant sur la table, Will regarda le téléviseur derrière le bar. Il était déjà sur la bonne chaîne. C'était un signe.

— OK, je regarderai.

— Parfait, conclut Hugo. À plus tard.

Will consulta sa montre, ferma son portable et but tranquillement sa bière. Des clients attablés riaient. Des verres s'entrechoquaient et les minutes passaient.

À 17 heures pile, une présentatrice, tout sourire, annonça une émission spéciale, consacrée à une ancienne élève du Cours d'art dramatique de Vallemont.

Son nom s'afficha à l'écran.

Mercedes Gray Leonine.

Et elle apparut.

Le sang de Will ne fit qu'un tour.

Elle était différente, quoique toujours aussi merveilleuse. Le son du poste était faible, mais il pouvait l'entendre. Sa voix n'avait pas changé. Elle avait toujours le même aplomb. Le même humour. La même force. La même fragilité, aussi. C'était comme si elle était assise à côté de lui.

Comme il aurait aimé que ce soit vrai ! Qu'elle soit là, près de lui. Pouvoir la toucher, la tenir, l'embrasser, entendre sa voix, pour de vrai. La regarder s'enflammer en racontant ses histoires et rester concentrée en écoutant les siennes.

Cette émission le faisait mentir, lui qui ne croyait pas aux miracles.

Le cameraman élargit le plan. Elle était assise sur un canapé dans une pièce assez sombre décorée de portraits d'ancêtres. Un des salons du palais, probablement. Hugo aussi était là, assis à côté d'elle. Ils se regardaient avec beaucoup de gentillesse. Mais rien de plus. Pas de complicité, pas de regards en coin, pas de mains qui se cherchent. Une grande amitié.

— Plus fort, cria un client. La télé, plus fort !

Le barman s'exécuta.

— Nos raisons sont personnelles, déclara Sadie, et nous espérons que vous nous croyez quand nous disons qu'elles sont justes et bonnes. Nous étions aveuglés par la volonté de bien faire et n'avions sans doute pas suffisamment réfléchi aux conclusions logiques. Et, si un homme comme le prince Alessandro vous dit qu'il veut vous épouser, c'est difficile de dire non. Il suffit de le regarder !

La journaliste rit.

— Si vous devez retenir quelque chose de cette interview, reprit Sadie, sachez que le prince est l'homme le plus merveilleux qui soit. Mais il n'était pas un homme pour moi.

Sadie fixa la caméra. Fixa Will. C'est comme cela qu'il le comprit. Son cœur se serra à lui faire mal.

— Et vous, prince Alessandro… Mercedes n'était pas une femme pour vous ?

Il sourit à Sadie, qui lui rendit son sourire.

— Ne réponds pas à cette question, lui souffla-t-elle.

Sans même s'en rendre compte, Will se leva d'un bond.

— Assis ! cria un client.

— Il vous répondra des choses aimables, dit Sadie, pour ne pas me blesser, mais je sais que je l'aurais rendu fou. Et Vallemont n'a pas besoin d'un prince fou. Pensez au prince Reynaldo… un leader si bienveillant, un visionnaire. Et si généreux !

Will nota qu'Hugo baissait les yeux pour cacher un sourire ironique.

La journaliste se tourna vers lui et lui posa une foule de questions dont Will, la gorge nouée, écouta toutes les réponses, persuadé qu'elles recelaient des messages subliminaux qui lui étaient destinés.

C'était donc pour qu'il entende cet entretien qu'Hugo l'avait appelé !

À la fin de l'interview, une chose était certaine : il n'y aurait pas d'autre explication.

Will paya et sortit en trombe du café. Une fois dehors, il se demanda de quel côté aller. Prenant son portable, il appela Hugo.

— Salut, vieux frère, répondit Hugo. Comment va la vie ?

— Où est-elle ?

— Elle a quitté le palais le jour même de son retour, dit Hugo. Elle n'est pas retournée chez sa mère, elle a pris une chambre dans l'hôtel où tu l'as retenue les deux premiers jours.

Éperdu, Will partit à sa recherche, bousculant les piétons dans sa course folle, enjambant les jardinières de fleurs roses installées sur les trottoirs en vue de la noce princière – qui n'avait pas eu lieu –, une main sur sa poitrine pour tenter de retenir sa veste et son foulard, qui volaient au vent.

— Au fait, j'en profite pour te dire que je m'absente quelque temps.

— Où vas-tu ?

— Je te le dirai plus tard. Je voulais juste te prévenir au cas où tu n'entendrais plus parler de moi et te demanderais pourquoi.

Lisant entre les lignes, Will comprit qu'Hugo avait décidé qu'il ne se battrait pas.

Il continua à courir. Vit la tour, dont la fenêtre était ouverte. Ses poumons le brûlaient. La laine de son foulard le grattait. Il avait les doigts gelés.

Mince, mon portable ! se rappela-t-il soudain.

Son précieux ordinateur portable, avec toutes ses notes, le travail d'une vie oublié dans un pub !

— Pas d'importance ! s'exclama-t-il.

— Ça va, Darcy ? demanda Hugo, toujours au bout du fil.

Son ordinateur portable serait toujours là quand il reviendrait le chercher. On était à Vallemont, ici, pas à New York ni à Chicago. Et puis son monde, ses intérêts dans la vie avaient changé, s'étaient élargis. Il se mit à rire nerveusement.

— Ces quelques jours ont été intenses, expliqua-t-il.

— Dis-moi…

— Juste une chose, vieux. Promets-moi, la prochaine fois que tu décides d'épouser une femme, d'aller jusqu'au bout.

Hugo éclata de rire.

— Je n'aurai plus jamais ce problème.

Et il raccrocha.

Will empocha son mobile et regarda, en l'air, la fenêtre ouverte.

Elle était partie car il l'avait laissée partir. Disparue, comme Claire. Il avait tout raté.

Il ramassa une pierre et la lança contre la fenêtre. Elle tomba sur le balcon. Il recommença et, cette fois, elle frappa le carreau.

Son cœur cognait douloureusement contre ses côtes. Et il haletait. Il vit onduler les rideaux de la fenêtre, et soudain elle apparut, les cheveux dépassant d'un gros bonnet rose à pompon et vêtue d'une robe à fleurs à manches longues, qui lui arrivait au-dessus des genoux. Ses jambes disparaissaient dans une paire de cuissardes digne des trois mousquetaires.

— Sadie !

— Ah ! C'est toi. Tu passais dans le coin ?

Elle était appuyée à la rambarde et regardait en bas.

— Je buvais une bière dans le pub, en bas, quand j'ai vu le reportage à la télévision.

— Ah ? C'était bien ? Je n'ai pas osé me regarder.

Il s'approcha de la bâtisse pour mieux la voir.

— J'ai aimé ta coiffure.

Elle caressa son bonnet rose puis ses joues, qui avaient rougi. Et se pencha par-dessus la rambarde.

— J'ai une question à te poser, dit Will.

— Dis-moi.

— C'est Reynaldo qui a décidé de renflouer le fonds Templeton. Et toi qui as influencé Reynaldo ?

— Le prince Reynaldo a mis la pression sur un de mes amis. Je me suis dit qu'il fallait que quelqu'un lui rende la pareille.

— Qu'as-tu promis en retour ?

Elle fit une mimique qui le toucha.

— De ne jamais plus accepter d'épouser quelqu'un de sa famille. La décision a été difficile à prendre mais, finalement, j'ai trouvé que c'était la bonne.

— Pas seulement pour toi, dit-il.

La tendresse de son sourire, sa grâce, sa simplicité… Elle n'était que charme et séduction.

Elle était son oxygène, son souffle, sa raison de vivre. Son étoile.

— Sadie…

Ses pieds le démangeaient. Il voulait monter, escalader, la rejoindre. Vite.

Il repéra des briques qui dépassaient du mur et prit son élan.

— Tu es fou ! Non, tu ne vas pas grimper.

— Je ne peux pas passer par l'entrée, Janine me verra. Elle voudra savoir comment je connais le prince et ça n'en finira pas…

— Alors je vais sauter, lança Sadie, passant une jambe par-dessus la rambarde.

— Non ! Tu plaisantes !

— Je ne suis pas une mauviette, rappelle-toi.

Affolé, il resta sous le balcon, les bras tendus, prêt à la recevoir.

Les briques avaient connu des jours meilleurs. Elles s'effritaient. Il en fallait plus pour faire peur à Sadie.

S'aidant des grosses branches des bougainvillées, elle descendit, pas après pas.

— Et voilà ! s'exclama-t-elle se jetant à son cou.

Elle sentait bon le chèvrefeuille. Les idées noires qui avaient assombri les journées précédentes s'envolèrent comme par enchantement. Il prit son adorable minois dans ses mains et l'embrassa à en perdre le souffle. Encore. Et encore. Sans fin.

— Je n'aurais jamais dû te laisser partir, dit-il en reculant pour reprendre son souffle. Laisse-moi recommencer à zéro. Laisse-moi te dire que, où que tu ailles, je ne te laisserai jamais t'en aller avant de t'avoir dit tout ce que tu représentes pour moi.

— D'accord.

— Tu le sais, je suis un loup solitaire. Je suis habitué à vivre seul.

— Malheureusement !

Il aurait dû savoir que cela n'était pas facile à entendre, mais ce n'était pas grave. C'était ce qu'il aimait aussi chez elle. La facilité avec laquelle elle acceptait les différences.

Il aimait ça. Et il l'aimait, elle, tout simplement.

— Ce que je veux dire, reprit-il, si tu veux bien me laisser parler, c'est que je suis habitué à vivre seul, comme toi tu es habituée à être entourée. Ta vie est ici. La mienne est partout. Tu es la championne du désordre…

— … et toi, un maniaque du rangement.

Elle battit des paupières, les yeux encore pleins de sommeil, et froissa ses cheveux entre ses doigts, déclenchant des décharges électriques qui claquèrent comme des coups de feu.

— Je t'aime, Sadie. Je le sais, j'en suis sûr. Que ce soit physique, intellectuel, pas scientifique, peu importe ! Ce qui compte, c'est que je le sens, là.

Le poing serré, il se frappa la poitrine, espérant qu'elle le croyait. Dans son enthousiasme, avec l'espoir naïf de s'attirer son amour, il déclama quelques vers d'*Hamlet*, de ce Shakespeare qu'elle aimait tant.

— « Doute que le feu soit dans la terre, doute que les

astres se meuvent, doute que la vérité soit la vérité, mais ne doute pas de mon amour. »

Elle fondit en larmes.

— Je n'en doute pas. Je le crois, dit-elle. Je te crois.

Elle recula et se blottit contre lui.

— Moi aussi, je t'aime, tu sais.

Il lui prit le menton, la forçant à le regarder.

— Non, je ne savais pas. Mais c'est bon à entendre.

Elle rit et tourna son visage vers le soleil.

— Je t'aime, beaucoup, passionnément, à la folie. C'est fou, non ? C'est fou que ce soit arrivé. Imagine qu'Hugo et moi nous soyons allés au bout de notre projet. Imagine que je ne me sois pas enfuie. Les chances de se rencontrer auraient été nulles. Il n'y a qu'une explication à tout cela, Will : c'était écrit dans les astres.

— Sadie ! L'homme de sciences que je suis ne peut accepter cette explication.

— Tu fais comme tu veux. Mais ça ne change rien !

Hissée sur la pointe des pieds, elle déposa un baiser au coin de ses lèvres.

— Bonjour !

Un boulanger à bicyclette, un panier débordant de baguettes sur son porte-bagages, les salua en les croisant.

Se ravisant, parce qu'il l'avait reconnue, il s'arrêta quelques tours de roues plus loin.

— Je vous ai vue à la télévision, dit l'homme. C'était bien. Si tous les jeunes de votre génération sont aussi intelligents que notre prince, notre pays est promis à un bel avenir. Il ne vous reste plus qu'à être heureux, tous les deux !

Will posa les mains sur les hanches de Sadie, qui l'avait pris par le cou.

— Si nous nous occupions tout de suite d'être heureux ? suggéra-t-il, un sourire coquin sur les lèvres.

Elle cueillit la fleur de bougainvillée accrochée à l'épaule de Will.

— D'accord !

Épilogue

Sadie se réveilla et, persuadée que c'était encore le milieu de la nuit, se retourna. Sentant qu'elle ne se rendormirait pas, elle se leva et s'étira.

Elle avait offert ce lit à Will quand ils avaient emménagé dans la chambre de la tour de La Tulipe. Il était tellement grand qu'il avait acheté la bâtisse tout entière pour l'y installer !

Le sourire aux lèvres, elle pensa à sa journée.

Pour commencer, elle avait un nouveau rendez-vous avec l'architecte qui allait rénover le foyer du Vallemont Royal Youth Theater. Il s'attaquerait ensuite aux bureaux administratifs.

Lors de la première réunion, Hugo, maître d'ouvrage, avait demandé un projet très contemporain. Natalie, responsable du budget, avait suggéré à Hugo, l'intellectuel, de ne pas intervenir dans un domaine qu'il ne comprenait pas. Janine, qui n'avait pas la moindre fibre artistique, avait ri tout du long. Sadie, la directrice, avait déclaré qu'elle examinerait chacune des propositions. Avec la plus grande attention.

Pour l'heure, ils avaient abandonné la chambre de la tour car l'édifice montrait des signes de faiblesse. Il avait subi tellement de modifications et d'ajouts au fil des siècles que le remettre dans son état initial allait prendre du temps. Ils n'étaient pas pressés. Ils avaient toute la vie devant eux.

Elle se rassit au bord du lit et aperçut, près du canapé, mal éclairé par un filet de lune, le sac de voyage de Will.

Il était rentré. Vite, elle passa une robe de chambre – noire, douce, celle de Will – et alla sur le balcon. Un croissant de lune éclairait la nuit.

Elle enjamba la rambarde et, s'aidant de l'échelle appuyée contre le mur, descendit.

Il était là. Assis.

Elle courut vers lui et se jeta dans ses bras.

— Quand es-tu rentré ?

— Il y a une heure.

— Et tu ne m'as pas réveillée ? Comment s'est passé ce voyage ?

Il revenait de Boston, où il avait donné une conférence sur la nébuleuse d'Orion.

Malgré la fatigue, il était frais comme un gardon. Cet homme était un phénomène de résistance et d'énergie.

— Très bien. Des jeunes m'ont posé des questions complexes. Ils avaient décidé de me pousser dans mes retranchements. Je pense que je sais à qui décerner la prochaine bourse de la nouvelle Fondation Templeton.

— Génial ! s'exclama-t-elle.

Il lui retira les cheveux des yeux et, comme chaque fois qu'il l'effleurait, elle frissonna.

Serait-elle aussi sensible à ses caresses toute sa vie ? se demanda-t-elle.

Elle s'assit sur ses genoux, le prit par le cou et l'embrassa. Il lui rendit ses baisers avec passion, mettant toute sa fougue à compenser pour les jours perdus.

Des années, une éternité plus tard, ils se levèrent…

— Au travail, maintenant, grand paresseux ! déclara Sadie avec cette impertinence qui faisait son charme. Il ne va pas s'écrire tout seul, ce rapport. Je vais m'asseoir à côté de toi, mais je ne te dérangerai pas.

Elle se lova contre lui et, accrochée à son cou, éclata de rire. Un rire qui dut résonner dans tout le village, ce ravissant village devenu le sien, où elle se savait aimée, où elle était *chez elle*.

Au loin, sous les sommets enneigés des montagnes qui brillaient sous l'éclat de la lune, le palais dormait.

— Viens, dit-il d'une voix rauque, la prenant par la main.

— Mais…

— Mon rapport attendra.

Lâchant sa main, il la prit dans ses bras et l'emmena dans leur chambre, sur leur lit, où il lui fit voir des millions d'étoiles.

Vous avez aimé *Une fiancée à sauver* ?
Retrouvez la royauté de Vallemont
dès le mois de mars dans votre collection Azur !

Retrouvez prochainement, dans votre collection

AZUR

Le cheikh aux deux secrets, de Marcella Bell - N°4565

Que dire à un prince qui vous demande en mariage dès la première rencontre ? Rita a beau être une talentueuse ingénieure, elle n'en a aucune idée. Pourtant, parce qu'il s'agira, entre Jahangir et elle, d'une union de convenance lui garantissant une fabuleuse opportunité professionnelle, elle accepte de le suivre dans son royaume du désert. Et bientôt, dans ce cadre enchanteur, elle découvre entre les bras de Jag la passion – et ses conséquences…

Un bébé royal, de Jadesola James - N°4566

Kemi est une princesse, la fille gâtée de l'Oba de Gbale. Mais cette vie privilégiée a un coût : celui de sa liberté… Alors qu'elle échappe un soir à la vigilance de ses gardes du corps, elle rencontre un homme envoûtant. D'un seul regard, Luke Ibru la séduit. Un baiser brûlant, et il la conduit à partager avec lui une nuit de passion. Une nuit qui se solde par une conséquence royale : bientôt, Kemi se découvre enceinte de son mystérieux amant…

L'enfant d'un ténébreux milliardaire, de Heidi Rice - N°4567

Jack Wolfe incarne tout ce que Katherine déteste : arrogant et impitoyable, le ténébreux milliardaire n'hésite pas à user de son pouvoir. Hélas, bouleversée par les émotions et le désir qu'il fait naître en elle, Katherine succombe à cet homme au lieu de le fuir. Pire encore, sitôt qu'elle révèle à Jack qu'un enfant naîtra bientôt de leur nuit passionnée, celui-ci lui propose un mariage de convenance…

Le retour de Valentin Silvera, de Jackie Ashenden - N°4568

Voilà quinze ans que tout le monde me croit mort. Si j'ai disparu pour échapper à la tyrannie familiale, je suis prêt aujourd'hui à revendiquer mon nom, Valentin Silvera, et l'héritage qui m'est dû. Parmi ce qui m'a été arraché, mon bien le plus précieux n'est autre que la délicate Olivia Wintergreen, mon amour de jeunesse et l'actuelle fiancée de mon détestable frère jumeau. Or j'en fais le serment : cette femme que je n'ai jamais oubliée sera bientôt mon épouse…

La comtesse de Venise, de Kate Hardy - N°4569

Bien qu'elle soit une comtesse vénitienne, Serafina Ardizzone est ruinée. Comment dès lors empêcher le *palazzo* dont elle est l'héritière de tomber en ruine ? Résolue à sauver ce joyau familial, elle demande au célèbre architecte Gianni Leto de le restaurer. Pour le convaincre de prendre en main ce projet d'envergure, elle n'hésite pas à l'inviter à passer chez elle une semaine. Sept jours et sept nuits inoubliables en Italie…

**Le prince de la Saint-Valentin,
de Cara Colter - N°4570**

Erin n'a qu'une envie : se réfugier seule au *Snow Daze*, le chalet montagnard où elle a vécu tant de moments heureux. Là, elle l'espère, elle pourra se remettre de l'abandon de son fiancé. Mais une tempête de neige fait rage dehors, et la voilà contrainte d'offrir l'hospitalité à un skieur imprudent. Un homme d'une beauté renversante avec lequel elle passe la nuit… Quelle n'est pas sa stupeur de découvrir le lendemain que son amant, Valentino de Oscaro, est un prince !

**La belle et le millionnaire,
de Rachael Stewart - N°4571**

Tandis qu'elle débarque sur la plus belle des îles grecques, Catherine retient son souffle. La crique nichée au pied d'une falaise blanche tranche avec le bleu de la mer… et c'est là, dans ce cadre enchanteur, qu'elle va passer un mois ! Quel meilleur endroit pour oublier la pression qu'elle subit à Hollywood ? Seule ombre au tableau : le propriétaire des lieux, Alaric de Vere, loin d'être impressionné par ses allures de star, la considère plutôt comme une intruse…

Libre d'aimer, de Pippa Roscoe - N°4572

SÉRIE : *LE ROYAUME DE SVARDIA* - 2/3

La princesse Marit a toujours été la rebelle de la famille, et elle apprend avec désespoir qu'elle doit maintenant jouer un rôle de premier plan au palais de Svardia. Dans une ultime révolte, elle s'enfuit à Paris. Hélas, Lykos Livas, envoyé par le roi lui-même, l'y retrouve sans tarder ! Avant de la ramener dans le droit chemin, cet homme mystérieux accepte toutefois de l'escorter pendant quelques jours pour une escapade en Europe. Une folle parenthèse où se mêleront bientôt liberté et passion…

Le baiser d'un play-boy,
de Carol Marinelli - N°4573

SÉRIE : *LES BEAUTÉS DE SICILE* - 2/2

En raison de son douloureux passé d'orpheline, Béatrice a érigé une muraille autour de son cœur. Pas question pour elle de souffrir à nouveau : sa vie est désormais centrée sur son travail de conseillère spéciale de Son Altesse Royale Julius de Bellanisia. Une tâche loin d'être facile ! Chargée de redorer l'image du prince avant que celui-ci devienne roi, la voilà contrainte de côtoyer ce play-boy invétéré jour et nuit, tout en résistant au charme qu'il exerce sur elle…

L'honneur d'un Australien, de Kelly Hunter - N°4574

Sept ans plus tôt, Judah Blake s'est accusé d'un crime qu'il n'avait pas commis pour innocenter la douce Bridie. Aujourd'hui qu'il est de retour chez lui, dans l'Outback australien, il est bien décidé à retrouver sa vie – ou ce qu'il en reste. Peu importe qu'il ait été pendant un temps considéré comme un paria, ses milliards ont suffi à redorer son image. Et c'est fort de cette aura de puissance qu'il compte revendiquer ce qui lui revient de droit : ses terres, dont il a été injustement spolié par la femme qui a ruiné sa vie…

L'ivresse d'une nuit, de Kate Hewitt - N°4575

Abigail est stupéfaite. Devant elle se tient l'homme dans les bras duquel elle s'est abandonnée, six mois plus tôt, alors qu'elle se trouvait à Paris pour une série de concerts. Un homme qui l'a quittée au petit matin, sans même avoir la courtoisie de lui donner son nom. Malgré l'émotion qu'elle ressent en revoyant son amant d'une nuit, Abigail se jure aussitôt de résister, cette fois, à son charme ensorcelant. Pas question de le laisser la blesser de nouveau. Mais bientôt un doute s'impose à elle : et si cette deuxième rencontre n'était pas seulement le fruit du hasard ?